KB114731

왕좌의 주인

이영후 판타지 장편 소설

FANTSY FRONTIER SPIRIT

왕좌의 주인 4

이영후 판타지 장편 소설

초판 1쇄 찍은 날 § 2014년 2월 6일
초판 1쇄 펴낸 날 § 2014년 2월 14일

지은이 § 이영후
펴낸이 § 서경석

편집부장 § 권태완
편집책임 § 정수경

펴낸곳 § 도서출판 청어람
등록번호 § 제1081-1-89호
등록일자 § 1999. 5. 31
어람번호 § 제1-1772호

주소 § 경기도 부천시 원미구 부일로 483번길 40 서경B/D 3F (우) 420-822
전화 § 032-656-4452 팩스 § 032-656-4453
http://www.chungeoram.com
E-mail § chungeorambook@daum.net

ISBN 978-89-251-3706-3 04810
ISBN 978-89-251-3362-1 (세트)

왕좌의 주인

이영후 판타지 장편 소설

FANTSY FRONTIER SPIRIT

4

도서출판 청어람

CONTENTS

Chapter **01**
반란군

　반란군을 지휘하는 카프리트 백작은 명장이라는 소리를
듣는 전형적인 장군이었다. 다만 역적의 죄를 지은 파드슈 후
작 가문과 그의 가문 사이의 연결 탓에 어쩔 수 없이 들고일
어난 케이스라 할 수 있었다.

　'카프리트 백작의 2군단이라……. 스베인 왕국의 보루라
는 소리를 듣는 군단이라는 건데…….'

　쉬운 싸움이 될 수는 없을 것 같았다. 2군단의 총인원은 네
개 사단으로 이루어져 있어서 총원 4만에 달하는 군세이다.
가장 정예화된 군단이라는 점도 있지만 무엇보다 왕성수비군단의 수가 열세라는 점이 걸렸다.

'왕성을 수비해야 하니 바로 동원할 수 있는 숫자는 많아봐야 3만이 전부일 텐데……'

레오는 외할아버지인 라몬 국왕의 왕명으로 토벌군 사령관의 직책을 맡아 왕성수비군단의 본영으로 향했다.

"충!"

입구에 들어서기 무섭게 수비군단의 군복을 입고 있는 위병들이 직각으로 군례를 취했다. 이미 레오의 얼굴과 모습은 왕성에 자자하게 퍼져 있는 상태이기에 너무도 당연한 반응이다.

"작전회의실이 어디인가?"

"제가 모시겠습니다."

어느새 달려 나온 위병소를 담당하는 하급 기사가 레오의 앞에 바짝 군기 든 모습으로 서 있다.

"부탁하지."

"모시게 되어 영광입니다, 대공 전하! 이쪽으로!"

스베인 왕국 내에서 공식적인 작위를 받은 것은 없지만 레오는 검공 막스 노인의 후계자라는 점 때문에 대공으로 불렸다. 거기에 마스터를 능가하는 마스터로 불리기에 기사가 보내는 존경의 염은 대공이라고 해도 받을 수 없는 성질의 것이다.

"이곳입니다, 전하!"

"고맙네."

레오는 위병소 기사의 안내를 받아 왕성수비군단의 대회의실로 들어섰다. 안에는 벌써부터 수많은 언성이 오가고 있었는지 분위기가 상당히 격앙되어 있었다.

탁탁!

레오가 들어선 것을 보고 입구에 서 있던 기사가 검집으로 가볍게 바닥을 두드리며 외치듯이 말했다.

"레오파드 대공 전하께서 드십니다!"

"헙! 대공 전하께서……."

"일동 기립!"

수비군 사령관이었지만 레오로 인해서 부사령관으로 내려앉은 발몬디 백작이 부동자세로 외쳤다. 그러자 소란스런 소음과 함께 안에 모여 있던 50여 명의 고위급 장교와 기사가 같은 자세를 취했다.

"추웅!"

"충! 쉬어!"

레오의 말에 모두가 자세를 풀며 형형한 안광으로 레오의 일거수일투족을 살폈다. 이미 한 차례 싸워본 적이 있는 상대이기에 레오의 검술 실력에 대한 의문 따위는 존재하지 않았다. 단지 전쟁은 일인의 무위와는 다른 형질의 것이 필요하기에 그것에 대한 의문이 담긴 눈빛들을 하고 있다.

'내 지도력을 의심하는 것인가? 하긴……'

집단과 집단의 싸움에 있어서 전략과 전술, 그리고 부대를 장악하고 지휘하는 능력은 그 어떤 무엇보다 중요한 부분이다. 그것이 없다면 선봉장으로나 쓸 수 있을까, 사령관으로서는 낙제점이라고 할 것이다.

씨익!

입가에 걸리는 알쏭달쏭한 미소에 지휘부는 흠칫했다. 마치 너희의 속내를 나는 알고 있다고 말하는 듯했기 때문이다.

"일단 소개부터 받도록 하겠소."

레오의 말에 부사령관이 된 발몬디 백작이 일어나며 말했다.

"발몬디 백작입니다. 부사령관의 직책을 맡고 있습니다, 전하!"

"아, 경이 발몬디 백작이구려. 나 때문에 부사령관으로 내려앉은 셈인데, 미안하게 되었소."

"아닙니다, 전하! 소작은 대공 전하를 모실 수 있어서 오히려 영광입니다."

"그렇다면 다행이고. 계속해서 소개를 부탁하리다."

"그러겠습니다. 제 옆에 앉은 사람이 라센 자작입니다. 1사단장을 맡고 있습니다."

"라센입니다, 전하!"

"그다음이 2사단장인 앙가르드 자작입니다."

"앙가르드 자작……."

차례차례 소개가 이어졌다. 1사단장부터 4사단장까지 소개된 이후로는 기병여단의 여단장과 왕성수비군단의 기사단장으로 이어졌다.

'제법 강단이 있어 보이는군.'

레오는 소개를 받으며 장군의 반열에 올라 있는 자들의 기운을 살폈다. 적어도 상급의 익스퍼트들로 이루어져 있었고 정순한 기운이 마음에 들었다.

"소개는 이쯤 했으면 되었고, 다들 알고 있을 거라 믿고 이야기하겠소. 카프리트 백작의 2군단이 반란을 일으켰고, 그들이 일제히 북상하여 이곳 왕성을 향해서 오고 있소. 이에 우리는 2군단을 초전에 박살 내고 다른 이들의 망동을 억제해야 하는 임무를 맡았소."

"으음."

레오의 말에 먼저 부사령관인 발몬디 백작이 낮은 신음성을 흘렸다. 카프리트 백작이 반란을 일으켰다는 것이 믿어지지 않는다는 표정이 역력했다.

'하긴 왕국의 방패라고 불리던 자가 카프리트 백작이라고 했으니 그럴 만도 하겠지.'

하지만 발몬디 백작만 그럴 뿐, 나머지 장군들은 한시라도 빨리 그와 겨뤄보고 싶다는 듯 투기를 끌어 올리며 외쳤다.

"2군단이 제아무리 정예라고는 해도 우리 왕성수비군단에 비할 바는 아닙니다! 전면전으로 단숨에 제압해 버리지요!"

"저를 선봉에 세워주십시오. 기병여단의 막강한 전투력을 보여드리겠습니다!"

장군들의 호언장담을 들으며 레오는 빙그레 미소 지었다. 저들의 기세가 마음에 들었기 때문이다. 그러나 반응과 생각은 전혀 다르다는 것이 문제였다.

'전면전은 곤란하다. 최대한 피해를 억제하는 선에서 신속하게 제압해야 해.'

가장 좋은 방법은 레오와 기사단이 반란군 수뇌부를 제압하는 방법이었다. 그것도 아니라면 욕먹을 각오를 하고 카프리트 백작을 암살하는 것도 괜찮았다.

"발몬디 백작!"

"하명하십시오, 전하!"

"2군단이 지금 어디쯤 왔다는 보고는 올라와 있나?"

"물론입니다. 지금 반란군은 왕성 200킬로미터쯤 떨어진 하켄 자작령을 공격하고 있습니다."

"하켄 자작령이라……. 싸움은 어찌 되어가는 중인가?"

"하켄 자작은 국왕 전하의 충직한 기사로서 옥쇄를 각오하고 항전하고 있습니다. 인근의 세 개 영지에서 지원을 해주고 있으니 적어도 며칠은 버틸 수 있을 것입니다."

"그렇군."

수비만 한다고 하면 농성으로 며칠은 반란군의 발을 묶어 둘 수 있을 것이다. 그러나 길게 버틸 수는 없을 것이고, 얼마나 신속하게 지원을 해주는가에 따라서 하켄 자작령은 살아날 수도 있을 것이다.

"그리고 하켄 자작이 구원을 청해왔는데 이것을 어찌해야 할지 모르겠습니다. 지원을 하자니 거리가 너무 멀고 안 가자니 귀족들의 동요가 있을 것 같고."

국왕파로 분류되는 하켄 자작을 제때에 구원해 주지 못한다면 다른 국왕파의 귀족들이 동요할 수 있는 문제가 있었다. 자기들이 위험에 처해도 버려질 수도 있다는 생각을 갖게 해서는 곤란했다.

"상황이 난처하게 되었군."

"소작이 생각하기에도 그렇습니다."

"으음."

레오는 지금의 시점에서 가장 시급하게 처리해야 할 일로 하켄 자작령에 대한 처우를 결정하는 것이라 여겼다. 버리자니 후환이 크고 챙기자니 아무런 준비도 없이 맨땅에 헤딩해야 하는 일인 것이다.

'그렇다고 버릴 수도 없다. 그렇다면… 방법은 단 하나뿐이다.'

레오의 머릿속에 떠오르는 것은 오직 하나였다. 자신이 탈란과 흑마법사들을 이끌고 가서 시간을 끌어 아군이 올 때까지 적을 지치게 만드는 것이었다.

"백작!"

"하명하십시오, 전하!"

"왕성수비군단 중에서 기병만 따로 추린다면 얼마나 되는지 말해보시오."

"기병만 말씀이십니까? 그건……."

발몬디 백작은 각 사단 별로 나뉘어져 있는 기병대를 추려서 계산했다. 그러자 대략적인 숫자가 나왔다.

"5천 정도 됩니다. 돌격기병이 3천이고 궁기병이 2천입니다."

돌격기병은 렌스를 주무기로 하는 전형적인 돌격형 기병들이다. 방어력이 높은 중장갑으로 무장하고 진형을 짜 렌스차지를 하는 부대였다. 돌파력이 높아 보병에게는 재앙과 같은 존재가 돌격기병이었다.

"궁기병이라……. 무장은 어느 정도인가?"

레오의 관심을 끄는 것은 돌격기병이 아닌 궁기병이었다. 풀플레이트 메일을 걸치고 싸우는 돌격기병은 장거리 원행에는 무리가 따른다. 그에 반해서 궁기병은 레더메일로 무장하고 석궁이나 단궁을 주무기로 하는 기병이었다. 원거리에서 활을 쏴서 적기병을 요격하고 빠른 이동력을 이용하여 치고 빠지는 스타일의 전투를 하는 부대이다.

"기본 무장은 석궁 두 대와 단궁을 사용합니다. 보급형 레더메일을 갖추고 있어서 방어력은 많이 떨어지는 편입니다. 주로 적 보급부대를 타격할 때 사용하는 부대입니다, 전하!"

"단궁이라……. 단궁의 사거리는 어느 정도나 되나?"

단궁의 사거리는 길어봐야 100미터 정도였다. 장궁의 거리도 그보다 50미터 정도 더 나가는 것이 보편적이었으니 꽤 사거리가 나온다고 봐야 했다.

"100미터 정도입니다."

"100미터라……."

레오는 궁기병을 이용해서 적을 괴롭히는 전략을 떠올렸다. 탈란과 흑마법사들을 동원한다면 하켄 자작령에 도착하기 이전에 재미있는 무기를 만들 수도 있을 것 같았다.

"좋아, 지금 즉시 궁기병대를 차출하도록 하라. 보급부대는 따로 두지 않을 것이니 최대한 여분의 전투마를 지급하도록."

"여분의 전투마를 말씀이십니까?"

"내가 궁기병대를 이끌고 하켄 자작령으로 먼저 출발하여

시간을 끌 것이니 백작이 본대를 이끌고 최대한 빠르게 남하하도록!'

"아, 알겠습니다."

발몬디 백작은 레오가 궁기병 2천을 이끌고 하켄 자작령을 구원하기 위해서 먼저 출발한다고 하는 말에 대략적인 그림을 떠올릴 수 있었다.

'대공 전하시라면… 농성을 주도하실 수 있으시겠지. 궁기병은 말에서 내리면 바로 궁수들이 되는 것이니.'

농성전에서 2천의 정예 궁수의 힘은 엄청난 것이라 할 수 있었다. 순식간에 1만의 적을 고슴도치로 만들 수 있는 전력이니 레오가 궁기병대를 이끌고 간다고 하는 것이 최선의 선택이라고 믿었다.

"그럼 바로 준비하도록 하시오."

"정오 무렵에는 출발할 수 있도록 준비하겠습니다."

"정오? 알았네."

레오는 정오까지 준비한다는 말에 상당히 무리하는 것은 아닌가 생각했다. 하지만 한시가 급한 지금의 상황에서 발몬디 백작 이하 왕성수비군단의 분전을 촉구해야 했다.

"탈란!"

레오는 왕성에 마련된 저택에 들어서기가 무섭게 탈란부

터 찾았다. 자신도 6클래스를 마스터한 마법사이지만 탈란의 능력에 비하면 조족지혈에 불과했다.

"어디를 간 거지?"

저택 안에는 탈란의 기운이 느껴지지 않았다. 아드리아도 없는 것에 뭔가 이상한 생각이 들 때였다.

우우우웅! 스팟!

마나가 일렁이고 곧바로 공간이 일그러짐과 동시에 탈란의 신형이 공간의 비틀림 속에서 튀어나왔다.

"부르셨습니까?"

"그래, 어디를 갔다 온 거야?"

"아! 얼우드 산맥에 다녀왔습니다."

"얼우드 산맥? 거긴 뭐하러?"

"흐흐! 작은 주인님께서 레이놀즈에게 맡기신 임무가 있지 않습니까?"

"아! 마법 갑옷에 관한 걸 말하는 거야?"

"그렇습니다. 레이놀즈가 급히 연락을 취해왔는데, 마력을 증폭시키는 역할을 하는 마법진에 대한 것을 새롭게 만들었다고 하기에 다녀왔지요."

"그렇군. 뭔가 획기적인 방법이라도 찾은 건가?"

"대단할 것은 없지만 인간의 기준으로 보자면 획기적일 수도 있겠군요."

"어떤 방법인데?"

"마정석을 이용하여 마법진을 구동시키는 것은 아시겠지요?"

"당연하지."

마법 갑옷은 마법을 구현시키고 마력을 유지하는 코어가 존재했다. 그 코어가 동력이라면 그 동력원에 해당하는 것이 마정석이다.

"레이놀즈가 발견한 것은 마정석을 두 개 사용하자는 겁니다. 마법을 발현하는 회로를 병렬 구조로 연결하여 안정성을 높이고… 그러니까, 더블 코어 시스템인 거죠."

"마정석이 두 개가 들어가니 돈은 더 들겠지만 안정성과 파워는 더 올라간다 이거로군?"

"그렇습니다. 직렬 구조로 연결하면 파워는 더 올라가지만 안정성이 떨어지고 자칫 폭주가 일어날 수도 있어서 병렬 구조가 최선인 듯싶었습니다."

탈란의 설명에 레오는 어릴 적에 본 마법에 관한 서적들을 떠올렸다. 그리고 그것들 중에서 떠오르는 많은 지식을 빠르게 추려서 종합해 냈다.

"괜찮겠네. 그렇게 하라고 전해."

"흐흐흐! 안 그래도 그렇게 지시를 내렸습니다."

"잘했어. 아참!"

"네? 무슨 일이 있으십니까?"

"탈란이 수고를 좀 해줘야겠어."

"수고라면… 무엇을 말씀하시는 것인지……."

"얼우드 산맥에서 흑마법사들을 다 데리고 와야 할 것 같아."

"레이놀즈 등을요? 무슨 일로……?"

레이놀즈 등은 정통 흑마법사였기에 사회적인 배척을 받지는 않았다. 어느 정도 경원시당하는 것은 있지만 잡혀서 화형에 처해지는 악마의 계약자들은 아닌 것이다. 그렇다고 해도 흑마법사들이 떼로 몰려다니는 것은 시빗거리가 될 여지가 있었다.

"그게 그러니까… 지연시키는 일이라면 아무래도 흑마법이 제격이잖아? 몬스터들을 동원할 수도 있고 말이야. 그래서 그 친구들의 힘을 좀 빌려야 할 것 같아서 말이야."

탈란은 레오의 말을 듣고 레이놀즈 등의 전력을 떠올려 봤다. 각기 자신들의 흑마력에 걸맞은 키메라나 암흑 속성의 몬스터들을 부리는 것에 능했다. 거기다 흑마법사들의 특성상 숫자가 많아지면 수많은 몬스터들을 정신 지배하는 것이 가능했다.

"재미있겠군요. 레이놀즈와 그를 따르는 흑마법사들을 동원해서 몬스터를 부린다면… 제아무리 군단급 병력이라고 해도 막대한 타격을 입게 되겠군요."

"그렇지. 그러니까 바로 좀 다녀오도록 해."

"알겠습니다. 그럼 여기로 데리고 올까요?"

"그건……."

레오는 탈란과 레이놀즈 등이 합류해서 가는 것을 생각해보았다. 아무래도 전력이 드러나는 것을 피해야 하니 무리가아닌가 하는 생각이 들었다.

"그러지 말고 하켄 자작령을 공격하고 있다니까 그 주위의몬스터들을 모아봐. 한 방에 터뜨릴 수 있도록 말이야."

"흐흐흐! 최대한 모아놓겠습니다. 그럼 준비가 끝나는 대로 연락드리도록 하겠습니다."

"그렇게 해."

탈란은 곧바로 마법을 시전해서 얼우드 산맥으로 날아갔다. 그가 떠나고 난 다음 레오는 이제부터 자신이 해야 할 일을 차근차근 복기하듯이 되뇌었다.

"사령관님, 저 언덕만 넘어서면 하켄 자작령의 북부 경계입니다."

2천의 궁기병을 이끌고 남진하던 레오는 기병대장의 보고에 손을 들어 올렸다.

"전군 정지!"

레오의 명령이 떨어지자 기병대장을 시작으로 2천의 궁기병대가 그의 명령을 복명복창했다.

"전군 정지!"

"전군 정지!"

오와 열을 맞춰서 달리는 것도 힘든 판에 어느 하나 힘든 기색을 보이지 않는 궁기병대를 보며 레오는 흡족한 미소를 지었다.

'지난 3일간의 강행군에도 저런 모습을 보이다니… 역시 왕국 최고의 정예답군.'

비록 숫자는 적었지만 형형한 안광과 함께 다부진 결의를 내보이고 있는 기병대원들을 보며 레오는 다음 명령을 하달했다.

"이곳에 병영을 설치하라. 내일 날이 밝는 대로 하켄 자작의 성으로 갈 것이니 척후대를 내보내 상황을 파악하도록 하고."

"네, 그리하겠습니다."

하켄 자작령의 상황은 수시로 통신 마법사에 의해 보고가 올라오고 있었다. 정기 통신 시간에 그에 대한 것을 알 수는 있겠지만 문제는 적의 동태였다. 구원군으로 출진한 레오와 궁기병대를 먼저 요격하려 할 수도 있으니 그것을 경계하는 것이다.

"나는 나름대로 정찰을 할 것이니 경계에 만전을 기하도록!"

"충!"

기병대장의 군례를 받으며 레오는 경신술을 발휘하여 숲 쪽을 향해서 날듯이 이동했다. 그런 그의 모습을 보는 기병대장의 눈에는 경외감이 깃들어 있다.

"탈란! 어디에 있어?"

레오는 의지의 끈으로 연결되어 있는 탈란을 불렀다. 복종의 맹약을 맺은 관계이기에 가까운 거리라면 생각하는 것만으로도 대화를 나눌 수 있었다.

─포라드 숲의 중앙입니다.

"포라드 숲? 조금만 기다려. 곧 갈 테니."

─흐흐흐! 네, 작은 주인님!

탈란은 여전히 레오를 작은 주인이라 불렀다. 그렇게 부르는 것이 싫지 않은 레오는 그의 호칭에서 죽은 할아버지들이 함께하는 것 같은 느낌을 받았다.

'저기로군.'

레오는 숲의 중앙을 향해 날아가면서 그곳에 군집하고 있는 일단의 무리를 느꼈다. 전장과는 약간 떨어진 곳이라지만 포라드 숲은 하켄 자작령에서 몇 안 되는 군대를 숨길 수 있는 공간이었다. 이런 곳에 정찰대를 투입하지 않는다는 것이 의문일 정도였다.

휘릭! 차착!

공중에서 날듯이 다가온 레오가 멋진 동작으로 착지하자 탈란과 레이놀즈 등이 다가왔다.

"어서 오십시오."

"마스터를 뵙니다."

레이놀즈는 레오가 살짝 보여준 보우마 노인의 흑마법서에 완전히 넘어왔다. 하여 그는 레오를 마스터로 칭하며 따랐다. 흑마법을 익히지 않은 레오이지만 보우마의 전인으로 인정하고 따른다는 의미였다.

"휘유! 많이도 모았다."

레오는 흑마법사들 뒤에 시립하고 있는 초점이 풀려 있는 몬스터들을 보았다. 족히 5천은 넘을 듯한 대규모 몬스터 떼였다.

"오우거 11개체와 트롤 42개체를 비롯해 오크와 고블린 5천여 개체입니다."

레이놀즈가 칭찬이라도 해달라는 듯이 자신들이 모아놓은 몬스터의 숫자를 이야기했다. 이 정도 몬스터 떼라면 지금 당장에라도 하켄 자작성을 공격하고 있는 2군단의 배후를 공격할 수 있었다. 아마 이기기는 힘들지라도 막대한 피해를 입힐 수는 있을 터다.

쿠워어어! 키르르륵!

오우거가 포효를 터뜨리자 그에 반응해서 수많은 고블린이 기성을 토해냈다. 흑마법사들의 정신 지배를 받는 와중에도 그것을 이겨내려고 하는 몬스터들의 포효로 보아 더는 지체하기 어려울 듯싶었다.

"한 사람의 흑마법사가 몇 마리의 몬스터를 통제할 수 있지?"

"상대적으로 다르기는 합니다만… 4서클의 흑마법사는 50여 마리 정도를 통제할 수 있습니다. 5서클은 100마리 정도이고 저 같은 경우는 300여 마리도 가능합니다."

"그래? 시간은 얼마나 가능하지?"

"마력이 버텨주는 한은 얼마든지 가능합니다. 지금도 반씩 교대로 하기 때문에 그리 어렵지는 않습니다."

레이놀즈의 말에 레오는 볼을 긁적이며 곰곰이 생각에 잠겼다. 이 몬스터 부대를 어떻게 이용하는 것이 최상의 결과를 가져올 것인가 하는 생각이다.

'탈란의 존재를 은폐해야 하니 탈란의 마법은 사용할 수 없고, 레이놀즈 등도 마찬가지. 그렇다면 마법을 사용할 수 있는 사람은 오직 나 하나라는 말인데, 저 몬스터들을 어떻게 이용해야 최상의 결과를 낼 수 있을까?'

레오는 처음 흑마법사들을 동원하려고 할 때 생각했던 대로 몬스터들을 이동시켜 2군단의 배후를 공격하는 것을 생각해 보았다. 그러나 자칫 흑마법사들을 동원하여 인간을 공격했다는 비난과 함께 성국의 조사를 초래할 수 있었다. 이래저래 피하고 조심해야 할 것투성이라는 사실이 짜증을 유발했다.

'아니야. 발상의 전환이 필요할 때다. 무엇을 하든 사람들이 그것을 진실된 것, 혹은 선이라 여기게만 만든다면 괜찮지 않을까?'

레오는 몬스터들을 동원해서 배후를 공격하게 하는 것도 포장만 잘한다면 스베인 왕국을 구하기 위해서 신의 은총이 내렸다는 것으로 만들 수 있을 것 같았다.

'몬스터들도 스베인 왕국을 좀먹는 배덕자들을 징치하기 위해 싸운다……. 억지스럽기는 하지만 어리석은 백성들은 그런 것에 또 혹하는 법이지.'

극적인 연출만 더해진다면 병사들이 알아서 소문을 퍼뜨려 줄 것이다. 그것을 위해서 상황과 상황이 잘 맞물려 들어가도록 꾸며주는 것이 자신이 해야 할 일이었다.

"탈란!"

"네, 작은 주인님!"

"몬스터들을 이끌고 2군단의 배후로 이동해서 매복하도

록 해."

"매복이요? 그냥 쳐들어가도 되는데……."

탈란은 직접 나서지는 못하더라도 얼마든지 도움을 줄 수 있었다. 매스 슬립 마법진이나 컨퓨전을 일으키는 마법진을 설치하여 적을 자멸하도록 만들 수도 있는 능력이 있는 자신이다.

"아니. 이번 싸움은 몬스터들이 스베인 왕국에 반하여 일어난 반란군을 공격하는 걸로 소문낼 거야. 그러기 위해서는 몬스터들로만 싸워야 해. 그것도 수천에 달하는 목격자를 두고서 말이지."

"아, 그렇군요."

"이걸 봐."

레오는 품속에서 하켄 자작령이 자세하게 표시된 군사용 지도를 꺼냈다. 양피지에 그려진 지도는 하켄 자작령의 주요 포인트를 세밀하게 묘사한 것이었다.

"지금 이곳이 하켄 자작성이고 여기가 우리가 있는 곳이지. 그러니까 이곳에 2군단이 있겠지."

레오는 지도를 조목조목 가리키며 2군단의 배후로 돌아갈 수 있는 길을 탈란에게 일러주었다.

"이 길로 쭈욱 올라가면 되는 거야. 물론 적의 척후에 걸려서는 안 되고. 할 수 있겠어?"

"흐흐흐! 물론입니다. 그 정도는 식은 피 빨기… 응? 아, 아닙니다. 흐흐흐!"

레오의 눈이 살짝 올라가는 것을 보고 얼른 말을 정정한 탈란은 재빠르게 레이놀즈를 향해 시선을 돌렸다.

"바로 출발할 테니 준비하도록!"

8클래스의 마법사이기도 한 탈란의 기운에 레이놀즈는 군기가 바짝 든 모습으로 대답했다.

"명을 받들겠습니다."

레이놀즈가 움직이자 쉬고 있던 흑마법사들도 덩달아 움직이고 그들의 조종을 받는 몬스터들이 들썩였다.

"내일 동이 트기 전에 기습해서 적들을 몰아갈 테니 준비 잘하도록 해. 탈란을 믿어도 되지?"

레오의 확인에 탈란은 자신의 가슴을 탕탕 두드리며 대답했다.

"물론입니다, 작은 주인님!"

"후후! 알았어."

레오는 가슴을 쫙 펴고 대답하는 탈란에게 희미한 미소를 남기고 자리를 털고 일어났다.

"그럼 내일 보자고!"

"살펴 가십시오."

탈란의 배웅을 받으며 레오는 어둠이 잠식하기 시작한 숲을 돌파해 원래 있던 곳으로 되돌아왔다.

"들어라! 스베인의 병사들이여!"

레오의 음성이 내공에 의해 증폭되어 웅웅거리며 사방으로 퍼져 나갔다. 그러자 말에 올라탄 채 출정을 기다리던 궁기병대의 대원들은 바짝 긴장해 그의 말을 기다렸다.

"오늘 우리는 위대한 스베인 왕국의 명예를 더럽힌 자들을 응징하기 위해 출정한다! 비록 우리의 숫자는 적지만 의기는 한낱 숫자만 많은 배덕자들에게 굴하지 않음을 믿노라!"

"우와아아아아아!"

족히 스무 배에 달하는 적과 싸우기 위해서 출정하는 자들의 기세라고 보기에는 너무도 당당하고 우렁찬 함성이 터져 나왔다.

"너희의 선두에는 항상 나 레오파드가 설 것이며, 그 어떤 싸움에서도 너희보다 먼저 물러나지 않을 것이다! 전장의 시작과 끝을 나 레오파드가 함께할 것이니 결코 겁먹지 마라! 알겠는가?"

"추웅!"

"충! 대공 전하 만세!"

병사들은 마스터 중의 마스터이며 대륙 최고의 검사로 불리는 레오의 말에 기세를 한껏 끌어 올렸다.

"출정한다! 가자!"

"출정이다!"

"우오오오오오!"

병사들은 기성을 터뜨리며 박차를 가했다. 제일 선두에서 달려 나가는 레오의 뒤를 2천의 궁기병이 일제히 따라 나서는데 시야를 가릴 정도의 흙먼지를 만들어냈다.

타탁! 휘리릭! 슈아아아앙!

수십 대의 투석기가 커다란 바위를 공중으로 날려 보냈다. 포물선을 그리며 날아간 바위는 그대로 회색빛의 성벽에 내리꽂히며 엄청난 굉음을 만들어냈다.

"쏴라! 투석기를 노려라! 쏴라! 쏴!"

투석에 의한 공격으로 인해 성벽이 움푹 파여 들어가고 겁을 집어먹은 병사들은 성벽 뒤로 숨어 덜덜 떨고 있었다.

"뭣들 하는가! 이 성을 내준다면 네놈들이 살아날 성싶으냐! 죽어도 이 성을 사수해야 한다! 어서 일어나라!"

하켄 자작은 눈에 불을 켜고 피가 터져라 소리를 질렀다. 그의 외침에 겁을 집어먹은 병사들이 다시금 활을 들었다. 그러나 수만이 넘는 정예병으로 이루어진 2군단의 공세에 어찌할 줄 모르고 우왕좌왕했다.

"주군, 성문이 무너질 것 같습니다! 지원 부대를 보내야 합니다!"

겁을 잔뜩 집어먹은 병사들을 제치고 달려온 기사의 외침에 하켄 자작은 입술을 질겅질겅 깨물었다.

"흐으……."

답답한 신음성을 흘리는 자작의 모습에 기사는 울분을 감추지 못했다.

"주군, 차라리 지금이라도 항복을 하시지요. 왕성에서는 우리를 버린 듯합니다."

오늘내일 중으로 지원 부대가 도착한다는 말을 들었다. 그러나 그들이 도착하기도 전에 성문이 깨어져 나갈 판이다. 성문이 무너지면 그때는 끝이었다.

"죽어도 여기서 죽는다! 반란군에게 명예를 팔 수는 없다!"

하켄 자작의 단호한 말에 기사는 눈을 질끈 감았다. 명예로운 죽음을 각오한 주군의 모습에서 순간의 울분으로 투항하자고 한 자신이 부끄러웠던 것이다.

"죄, 죄송합니다."

사죄의 말을 할 때 하켄 자작과 기사의 귀로 웅웅거리는 목소리가 들려왔다.

"배덕자들이여, 나 레오파드가 너희의 목을 취하러 왔노라! 전군은 제국에 나라를 팔아먹은 매국노들을 도륙하라! 나 레오파드가 선두에 설 것이다!"

"우오오오오오!"

한 사람의 목소리와 그에 화답이라도 하듯 들려오는 수천의 병사가 내지르는 함성에 하켄 자작은 눈을 번쩍 떴다.

"와, 왔다! 레오파드 대공께서 지원군을 이끌고 왔다! 우하하하하하!"

다 죽어가던 하켄 자작의 눈시울이 붉게 물들어갔다. 자신의 충성을 왕국은 결코 잊지 않았음에 기쁨의 눈물이 흘러내리는 것이다.

"싸워라! 레오파드 대공께서 우리를 구원하기 위해 오셨다! 쏴라! 화살을 날려라! 우하하하하!"

"와아아아아아!"

겁을 집어먹고 움츠러들었던 병사들까지 용기백배하여 다시금 화살을 날렸다. 젖 먹던 힘까지 끌어내어 싸우기 시작한 병사들로 인해서 급격하게 기울어가던 전황의 추가 팽팽하게 곤추서기 시작했다.

Chapter 02
소문

하켄 자작성을 쉼없이 두들기고 있는 2군단의 후미로 돌아들어온 레오의 궁기병대는 언덕 아래에서 위로 치고 올라가는 적들을 살폈다.

"성을 넘어라! 단숨에 적들을 짓밟아라!"

"쏴라! 투석을 날려라!"

압도적인 병력의 우위를 바탕으로 한 파상 공세를 대변해 주는 목소리가 넓은 전장을 뒤흔들었다.

슈우웅! 콰앙! 콰콰쾅!

수십 개의 바위가 날아가 성벽을 뒤흔들고, 성벽 위의 병사들은 바위의 공습에 납작 엎드렸는지 보이지도 않는다.

'한시가 급하군.'

몇 날 며칠을 버티며 싸워온 하켄 자작령의 군사들은 고된 싸움의 끝에 이제는 사기마저 바닥을 기고 있음이 분명했다.

'자, 그럼 시작해 볼까?'

지금부터 하는 것은 연극이 아니라 준엄한 꾸짖음이 되어야 한다. 비록 일을 꾸민 것은 자신이지만 왕국에 존재하고 있는 또 다른 불순한 무리에게 하늘이 스베인 왕실의 편이니 자중하라는 메시지를 보내는 것이다.

"후읍!"

숨을 깊게 들이마시며 내공을 전신으로 고르게 퍼뜨렸다. 그리고는 곧바로 말안장 위로 올라서며 파도처럼 출렁거리는 검신을 지닌 플랑베르주를 뽑아 들었다.

고오오오오!

웅혼한 마나가 꿈틀거리며 곧 검신을 타고 폭발하듯이 터져 나갔다. 황홀한 빛을 뿜어내는 검은 이내 불꽃처럼 타오르는 오러를 줄기줄기 뿜어냈다.

"배덕자들이여, 나 레오파드가 너희의 목을 취하러 왔노라! 전군은 제국에 나라를 팔아먹은 매국노들을 도륙하라! 나 레오파드가 선두에 설 것이다!"

"우오오오오오!"

뒤를 따르는 궁기병들은 레오의 검에서 이글거리는 황홀한 빛에 더욱 열광하며 소리를 질렀다. 이미 레오와 2천의 궁기병이 접근하는 것을 보고 마주쳐 나오던 2군단의 기사단과 기병들은 레오를 보고 깜짝 놀라고 말았다.

"레오파드 대공이다!"

"큭! 우리가 배덕자라니……."

2군단의 기사들은 명장이라 불리는 카프리트 백작의 사병화 되어 있었다. 하여 그가 비록 잘못된 선택을 했을망정 그를 따라 거병하는 것에 주저하지 않았다.

"오라! 너희 배덕자들에게 스베인의 이름으로 준엄한 심판의 검을 내리리라!"

"충! 충! 충! 충!"

2천의 궁기병은 더욱 열화와 같은 함성을 내지르며 전장의 기운을 북돋웠다.

"빌어먹을! 2군단 돌격 대형으로!"

기사단과 기병대를 이끌고 마주쳐 나오는 자는 2군단의 1사단장으로 상급의 익스퍼트에 도달한 블레어 자작이었다. 그는 카프리트 백작의 심복과 같은 자로 반란을 일으키지 않았어도 반역 혐의로 제거되었을 자다.

두두두두두두두두두두두!

묵직한 발굽 소리를 내며 전진하는 중장기병들이 일자 대형을 갖추며 말과 말 사이의 거리를 최대한 좁혔다. 일제히 렌스를 앞세운 채 돌격해 들어가는 그들의 모습은 엄청난 압박감으로 2천의 궁기병을 옥죄기 시작했다.

"단장!"

레오는 5백 미터 가까이 접근한 중장기병들과의 거리를 보며 기병단장을 불렀다.

"하명하십시오!"

"내가 적 기사단을 공격하는 사이 단장은 작전대로 행하라!"

"명을 받듭니다!"

기병단장은 여기까지 오는 사이 레오로부터 받은 명령이 있었다. 궁기병의 기동성을 살려서 적 중장기병대와 싸우는 작전이었다.

"작전을 시행한다! 이랴!"

"2천인대는 내가 맡는다! 따르라!"

기병단장과 부단장이 앞으로 나서며 빠르게 치고 나갔다. 그러자 기병들은 더욱 빠르게 말을 몰아가며 기이한 형태로 진형을 만들어 나갔다.

"1천인대 조준!"

말을 몰아가면서 능숙하게 활시위를 당기는 궁기병들은 일렬로 달려오는 중장기병들을 향해 활을 겨눴다.

"발사!"

투투투투투투투투투퉁!

천 개의 활시위가 퉁겨지고 번개처럼 화살이 쏟아져 나갔다. 그것은 반대편으로 치고 나가던 2천 인대에서도 똑같이 이루어졌고, 하늘은 금세 2천 개의 화살로 인해 몸서리를 쳐야 했다.

"방패 들어!"

블레어 자작은 궁기병들의 화살 세례에 급히 사각 방패를 들어 비스듬히 세웠다. 말 머리 바로 위부터 시작하여 전신을 가리는 방어 태세로 완만한 곡선을 그리며 날아드는 화살을 막는 것에는 최적의 형태라 할 수 있었다.

투퉁! 투투투투퉁!

방패를 뚫고 들어오는 화살의 뾰족한 촉이 방패를 받치고 있는 건틀릿에 박혀들었다. 그러나 그 이상의 타격은 없었고, 블레어 자작은 시야를 돌려 좌우를 쳐다보았다.

'빌어먹을……'

아무리 방패로 막는다고 해도 화살에 맞은 말들이 고꾸라지며 수십에 달하는 중장기병이 낙마하며 죽어 나가는 광경이 눈에 들어왔다.

'반드시 갈아 마셔 버리고 말리라!'

아무리 레오파드 대공이 소드마스터라고 해도 5천이 넘는 중장기병의 렌스차지라면 반드시 죽일 수 있다고 여겼다. 인간의 피륙을 가지고 있는 한 파괴력으로 충만한 중장기병의 돌격은 피해는 있을망정 필승이라는 믿음을 주기에 충분했다.

"양쪽으로 빠져나가라! 뒤는 내가 맡는다!"

"우오오오오오!"

2천의 궁기병이 둥글게 원을 그리듯이 돌아 다시 뒤로 말을 달렸다. 그러면서 추격해 들어오는 중장기병들을 향해 계속해서 사격을 가했다.

'이제는 내 차례인가?'

레오는 말을 그대로 몰아가며 수천의 중장기병이 몰아쳐 오는 곳으로 치고 나갔다.

"여기에 있어라!"

크히히히힝!

말의 안장을 박차고 그대로 공중으로 솟구쳐 오르는 레오의 신형이 엄청난 높이로 솟아오른 상태에서 우레와 같은 외침을 토해냈다.

"오라! 배덕자들이여!"

레오는 일직선으로 날아가며 단전으로부터 내공을 끌어올렸다. 역천마신공을 운용하여 더욱 거세게 증폭시킨 내력을 실어 화염처럼 이글거리는 검을 쳐냈다.

"가랏! 라이너소드!"

슈아아아아앙!

횡으로 휘두르는 검으로부터 시작된 오러의 물결이 파도가 되어 달려오는 적들에게 퍼져 나갔다. 수백 개의 오러의 검이 쏘아져 나가니 물결이 일렁이듯이 보일 정도이다. 그러나 거리가 멀어질수록 분화되어 나아가는 오러의 검들은 각각의 목표물을 향해서 나눠졌다.

"피, 피해라!"

"허억! 바, 방패를!"

선두에 섰던 기사들은 오러의 검들이 날아들자 대경하며 두꺼운 철제 카이트실드를 들어 올리며 최대한 마나를 집중시켰다.

쿠앙! 쿠쿠쿠쿠쿠쿠쿵!

비명을 지를 사이도 없이 오러에 의해 짓이겨지는 기사와 전투마가 육편이 되어 붉은 수증기를 만들어냈다. 단 일 검에 백여 명이 넘는 기사가 죽어 나가자 말을 몰아가던 블레어 자작은 이를 앙다물었다.

'떨어지고 있다. 인간이기에 지면으로 내려설 수밖에 없다. 그때를 노린다.'

블레어 자작은 공포에 질려가는 기사들과 기병들을 향해 거칠게 소리 질렀다.

"겁먹지 마라! 적은 단 한 명뿐이다! 나를 따르라!"

"추웅!"

블레어 자작의 기사들은 그가 선두에 서서 달려 나가자 공포를 잊기 위한 구호를 터뜨리며 그 뒤를 바짝 따랐다.

"투창 준비!"

블레어 자작은 100미터도 남지 않은 거리에 오른손에 들고 있는 렌스에 마나를 실었다. 달리는 속도에 마나의 힘이 더해져서 던지는 렌스 투창은 그 숫자가 수천에 달한다면 마스터라도 죽일 수 있을 거라 믿었다.

"투창! 뒤 열에게 길을 열어라!"

"가랏!"

"으랏챠!"

선두에서 달려가던 기사들이 일제히 렌스에 마나를 실어 던졌다. 공중으로 도약했던 레오가 서서히 지면으로 내려서고 있는 그 시점을 노리고 던진 것이다.

쎄에에엑!

레오를 향해서 날아드는 수백 개의 렌스가 푸른 마나의 빛을 띠어 더욱 싸늘한 기운을 발산했다. 금세라도 피륙으로 이루어진 레오의 전신을 짓이길 것만 같이 날아드는 렌스의 폭주에 물러서던 궁기병대 대원들은 걱정 어린 시선을 레오에게 집중시켰다.

"어리석은 것들. 감히 이런 장난으로 나를 잡으려 한단 말인가! 오러실드!"

레오는 팽이처럼 신형을 회전시키며 강력한 오러의 기운을 허공중에서 휘저었다. 그의 손길에 따라 움직이는 오러의 기운이 날아드는 렌스를 빨아들이기 시작했다. 그러자 그의 신형을 따라 회전하는 오러와 함께 렌스들도 허공에서 빙글빙글 회전했다.

"돌아가라!"

피피피피피피피피핑!

점점 쌓여가던 렌스들이 회전하던 힘까지 더해져서 더욱 강하게 반탄되어 기병들을 향해서 쏘아져 나갔다.

"피, 피해라!"

"회피기동!"

단장 이하 조장급들의 당황한 명령에 기사들은 회피기동에 들어갔지만 번개처럼 쏘아져 오는 렌스 세례를 피하는 것은 쉽지 않았다.

"크헉!"

"말도 안 되는… 푸학!"

가슴을 꿰뚫린 기사는 믿어지지 않는다는 눈빛으로 레오를 쳐다보다 말에서 떨어졌다. 주인을 잃은 전투마는 그것도 모른 채 계속해서 앞으로 뛰쳐나갈 뿐이다.

"저, 저… 지금 저걸 믿어야 한다는 말인가?"

하켄 자작성을 공격하다 말고 카프리트 백작은 의자를 박차고 일어나며 외치듯이 말했다. 그러자 그의 옆에 자리하고 있던 다른 장군들이 입을 모았다.

"지금이라도 전군을 몰아서 레오 대공을 잡아야 합니다! 그럼 굳이 왕성을 공격하지 않더라도 우리의 뜻대로 될 수 있습니다, 사령관님!"

"레오 대공을 잡자는 것인가?"

"그렇습니다. 비록 믿을 수 없는 강함을 지닌 레오 대공이라지만 우리 2군단 전체가 덤벼들면 결국 잡히고 말 겁니다. 아무리 마스터라도 마나가 무한한 것은 아니지 않습니까!"

3사단장 론도 남작의 말에 카프리트 백작은 고심에 찬 표정을 지어 보였다. 희끗희끗해지는 머리카락에 깊게 파인 이마의 주름이 더해지자 그의 모습이 10년은 더 늙어 보인다.

'그래, 레오 대공을 잡는다면 결정적인 패를 쥐게 되는 셈이지. 군단의 반을 잃는다 해도 레오 대공만 잡는다면 남는 장사다!'

카프리트 백작은 믿어지지 않는 강함을 지닌 레오를 보며 이를 앙다물었다. 비록 비겁하게 숫자로 덤비는 거라지만 저런 강함을 지닌 이에게라면 결코 비난받지 않을 거라는 생각이 들었다.

"전군 후퇴하도록! 론도 남작!"

"하명하십시오."

"궁병대를 이끌고 남하하여 레오 대공을 저격하도록!"

"충! 맡겨만 주십시오!"

론도 남작이 신나서 달려가자 그 뒤를 받쳐주기 위한 명령을 차례로 하달해 나갔다.

"고든 자작, 중장보병을 이끌고 우회하여 레오 대공의 퇴로를 끊도록 하라!"

"충! 명을 받듭니다."

각 장군들이 명령을 받자마자 곧바로 부대를 인솔하여 레오를 향해서 달려 나갔다. 이어 남은 부대를 돌아본 카프리트 백작은 롱소드를 뽑아 들고 외쳤다.

"중군은 나를 따르라! 내 직접 레오 대공을 잡을 것이니라!"

"우와아아아아아아!"

수만 명이 내지르는 함성이 전장을 다시금 뜨겁게 달구기 시작했다. 삼면으로 나뉘어서 밀려들어 가는 병사들을 지휘하며 카프리트 백작이 말을 몰아 나아갔다.

'후후! 드디어 오는가!'

레오는 지면에 내려서기 무섭게 다시 도약하며 밀려오는 기사들에게 쇄도해 들어갔다. 그런 그의 눈에 들어오는 카프리트 백작의 2군단의 움직임은 자신을 포위하는 듯한 모습으로 분화되고 있었다.

[반전하여 적들에게 타격을 가하라! 나에게 시선이 쏠려 있으니 최대한 타격을 줘야 할 것이다!]

레오는 궁기병대 대장에게 마나를 실어 말을 전했다. 다른 이들에게는 들리지 않는 그 목소리에 명령을 하달 받은 기병대장은 깜짝 놀라 주위를 두리번거렸다.

"지금 대공 전하의 명령이 들렸나?"

"아닙니다. 무슨 명령을 들으셨다는 건지……."

어리둥절해하는 대원들을 본 기병대장은 자신이 환청을 들은 것은 아닌가 하여 고개를 갸웃거렸다.

[후후후! 환청을 들은 것이 아니니 명령대로 행하라!]

"아……!"

다시금 들려오는 명령에 특별한 레오만의 방법으로 말을 전달한 것이라 생각하고 우렁차게 그 명령을 대원들에게 전달했다.

"대공 전하의 명이시다! 반전하여 적에게 최대한 타격을 가한다! 따르라!"

"공격이다! 반전, 반전하라!"

명령이 뒤로 전달되고 선두에서 달리던 기병대장의 전투마가 빠르게 방향을 바꿔 레오를 둘러싸고 있는 적들에게로 향했다.

'감히 대공 전하께 렌스를 겨누다니… 네놈이 내 타깃이다!'

기병대장은 달려가는 와중에도 정확하게 단궁을 겨눴다. 거리가 점점 가까워짐에도 레오를 죽이기 위해서 필사적인 중장기병대는 궁기병대는 안중에도 없다는 듯 행동하고 있었다.

"발사!"

피피피피피피피피핑!

사선으로 치고 나가는 궁기병대의 선두부터 차례대로 화살 세례를 퍼부었다. 겨냥할 필요도 없이 그냥 닥치는 대로 활시위를 튕기기만 해도 될 상황이었기에 무서운 속도로 연사를 가하는 궁기병대였다.

"오라! 네놈들은 단 한 명도 살아 돌아가지 못하리라! 블러드 카이저!"

슈아아아앙!

왼손에 가득 끌어모은 내공이 천마혈황장법으로 화해 매섭게 중장기병들에게 쏘아져 나갔다. 연속으로 열 번이 넘게 장법을 쳐내었는데, 일장에 수십에 달하는 중장기병이 피떡이 되어 죽어 나갔다.

'후우, 마나의 소모가 너무 심하군.'

천마혈황장법은 그 위력이 대단한 만큼 내공의 소모도 무척이나 심했다. 특히 허공을 격하고 장력을 쳐내는 것이기 때문에 열 번의 손짓에 1/4에 해당하는 내공이 쑥 빠져나가 버렸다.

"궁수들은 무얼 하는가! 레오 대공에게 화살을 날려라! 쏴라! 쏴!"

카프리트 백작의 명령에 제일 먼저 달려온 론도 남작과 궁병대가 천마혈황장법에 의해 죽어 나간 수백의 기병들 사이를 메웠다. 그들의 손에 들린 장궁이 일제히 팽팽하게 당겨지며 수천 대의 화살이 레오를 겨눴다.

'귀찮게 됐군.'

아무리 대단한 능력을 가지고 있어도 수천 발의 화살이 날아든다면 미처 피하지 못할 수도 있었다. 특히 궁수들의 뒤로 다가오는 중장보병들이 밀려든다면 더욱 피곤해질 것은 자명한 이치였다.

'이쯤에서 탈란이 있는 곳으로 가야겠다.'

레오는 물러설 때가 왔다는 생각에 렌스로 찔러 들어오는 기사의 공격을 피하며 그의 머리를 강하게 후려쳤다.

콰앙! 콰지직!

뼈가 으스러져 나가는 소음과 함께 기사의 몸이 모로 쓰러져 내리고, 그 반동에 힘입은 레오는 궁기병대가 있는 쪽으로 빠르게 신형을 이동시켰다.

[퇴각하라! 최대한 적들을 끌어들여야 하니 퇴각하는 속도에 신경 쓰도록!]

"아, 알겠습니다, 전하!"

궁기병대장은 레오의 전음이 다시 들려오자 쏘던 활을 멈추고 우렁차게 외쳤다.

"퇴각한다! 일자 대형을 갖춰라!"

기병대원들은 퇴각하면서 일자 대형을 갖추라는 명령에 의아한 표정들이다. 그러자 그들의 바로 앞쪽까지 다가온 레오가 줄기줄기 피어오르는 오러로 적의 기병들을 도륙하며 물러서는 것에 그 의미를 알 수 있었다.

"대공 전하를 노리는 놈들을 저격한다!"

기병대장의 활이 팽팽하게 당겨졌다. 그의 눈이 노리고 있는 것은 오직 하나, 레오를 향해서 렌스를 던지려고 하는 중장기병이 타고 있는 말이었다. 단궁으로 쏘는 화살의 관통력으로 중장기병의 두꺼운 갑주를 뚫을 수는 없었다. 방법은 오직 하나, 철갑을 완전하게 두르지 못한 전투마를 쏴서 기병을 떨어뜨리는 것이었다.

'가랏!'

기병대장은 시위를 빠르게 튕겼다. 그러자 낭창낭창 날아가는 화살이 완만한 호선을 그렸다.

퍼억!

크히히히힝!

갑자기 찾아든 고통에 앞발을 들어 올리며 울부짖는 전투마로 인해 렌스를 던질 기회를 노리던 기병은 어어 하다 뒤로 넘어졌다.

"크윽!"

묵직한 통증이 밀려들었다. 정신은 아득하게 만드는 고통은 아무리 강철로 만든 갑옷을 입었다고 해도 막을 수가 없었다. 한순간 깜깜한 암흑의 통로로 빠져드는 착각을 겪고 난 후에 서서히 시야가 돌아왔다.

"빌어먹을……."

자신의 애마가 쓰러져 있는 것을 확인한 그는 제법 많은 숫자의 동료들이 같은 꼴이 되어 있음에 이를 갈았다.

"죽기 아니면 까무러치기지. 돌격한다! 레드폭스기사단 돌격!"

조장급의 기사였는지 그가 외치는 외침에 렌스를 던지던 기사들이 일제히 말에서 뛰어내리며 방패와 검을 들고 레오를 향해 미친 듯이 쇄도해 들어갔다.

"방패 앞으로!"

"악! 악!"

괴성을 지르는 기사들은 방패에 푸른 마나를 덧씌운 채 밀착하여 최대한으로 방어 태세를 유지했다.

"레오 대공의 오러가 줄어들기 시작했다. 조금만 버티자! 공격!"

"으아아아아아아!"

겉보기에 레오의 오러는 절반 가까이 줄어 있었다. 처음만 해도 2미터를 넘기던 오러가 이제 1미터 약간 넘는 길이가 된 것이 그 증거였다. 기사들이 보기에 레오의 마나는 절반도 남지 않았을 것이라 추측했다. 차륜전으로 힘을 빼내다 보며 언젠가는 레오의 마나가 바닥나고 그를 죽일 수 있게 될 것이다.

'어리석은 놈들.'

레오는 일부러 오러의 길이를 줄인 채 싸웠다. 속된 표현으로 넘사벽이라 할 수 있는 존재로 보인다면 저들은 싸우는 것을 포기할 수도 있었다. 아니, 싸우는 것이 아닌 추격하는 것을 넘어서 퇴각이라는 최악의 수를 선택하게 될 판이다. 그래서 오러의 길이를 줄여 자신의 마나가 절반 이하로 줄어든 듯 보이게 한 것이다.

쎄에엑! 슈슈슈슉!

방패를 앞세우고 들어온 기사들이 사방에서 목숨을 도외

시하고 검을 날렸다. 찌르기 공격을 하는 자들과 그들 사이를 비집고 들어오며 횡으로 베어내는 그들의 공격에 레오는 급히 신형을 틀었다.

쉬릿!

날카로운 베기가 레오가 서 있던 자리를 베고 지나가자 그는 반원을 그리며 그 반동을 이용하여 기사의 목을 그대로 쳐냈다.

"빌리! 이, 잇! 죽여 버리고 말겠다!"

목이 달아나 죽은 기사의 친한 동료였는지 찌르기 공격으로 견제하던 기사 하나가 레오를 향해 달려들었다. 방어나 수비는 완벽하게 배제한 동귀어진의 수법을 펼치는 그는 공중으로 몸을 날리며 오로지 레오의 몸에 검을 찔러 넣기 위해 모든 힘을 한 점에 집중시켰다.

"어차피 죽어야 하는 거라면 기사답게 죽자! 한 번이라도 멈추게 만들 수 있다면 마스터도 별수 없다! 육탄 돌격!"

기사들은 죽음을 도외시하고 달려들었다. 동료 기사의 죽음에 분노하여 동귀어진의 수법을 펼친 기사를 쳐낸 레오는 방패를 버리고 오직 자신의 움직임을 조금이라도 봉쇄하기 위해 달려드는 기사들에 살짝 놀랐다.

'자신을 희생해서 병력의 소모를 줄이려고 하는 것인가? 이런 자들이 왜…….'

레오의 생각을 일깨우는 한 가지 의문이다. 자신을 희생할 정도로 인성을 갖춘 이들이라면 스베인이라는 나라를 배반할 이유가 없다는 생각이 들었다. 그러나 생각도 잠시, 육탄 돌격을 감행하는 기사들의 공격에 빠르게 천마군림보를 밟으며 역으로 치고 나갔다.

"어림없는 수작! 흐랏!"

레오의 검이 쭉쭉 늘어나며 사방으로 수십 개가 넘는 환상의 검을 만들어냈다. 오러를 머금은 수십 개의 검의 환영이 이내 진체로 돌변하며 달려드는 기사들을 가르고 지나갔다.

"크헉!"

"으으……."

육탄 돌격도 무의미하게 저지당하자 기사들은 이를 앙다물었다. 오러가 줄어들었다고는 해도 여전히 레오의 검은 자신들로서는 당해낼 수 없는 무적의 검이었다.

슈아아아앙! 콰지지지직!

갑작스런 굉음이 대기를 짓찢었다. 그리고 날아드는 수십 줄기의 화염과 뇌전이 검을 휘두르고 있는 레오를 향해 날아들었다.

'이런, 마법사들인가?'

지난 왕궁의 싸움에서 익히 겪어본 마법사들의 위력이다. 그러나 지난번과는 조금 다른 것이 마력이 현저하게 약해져 있었다.

콰앙! 파츠츠츠측!

레오가 있던 곳으로 떨어져 내리는 화염의 구와 뇌전의 창들이 그대로 지면을 강타했다. 레오를 향해 미친 듯이 달려들던 기사들도 그 뜨거운 화염과 짜릿한 뇌전의 기운이 폭주하는 곳으로는 접근하지 못하고 뒤로 물러섰다.

'이 정도면 퇴각해도 계속해서 추격해 올 것이다.'

레오는 일부러 화염이 걷힐 때 몸을 비틀거리는 시늉을 했다. 적들이 보기에 마법에 당해 내상이라도 입은 것처럼 보이게 할 요량이었다.

"레오 대공이 비틀거린다!"

"더욱 거세게 몰아쳐라! 마스터를 잡을 절호의 기회다!"

기사들은 뜨거운 기운이 채 가시기도 전에 레오의 부상을 보자 환장하며 달려들었다.

"큭! 네놈들에게 당할까 보냐! 하앗!"

타탁! 쉬이이익!

레오는 달려오는 기사에게 마주쳐 나가다 한순간 도약하여 기사의 머리를 밟고 더욱 높은 곳으로 날아올랐다. 그리고 공중에서 방향을 선회하여 활을 쏘며 빙글빙글 돌고 있는 궁기병대가 있는 곳으로 도주하는 모습을 보였다.

"적들을 추격하라! 적의 수는 얼마 되지 않는다! 가라! 전

군 돌격!'

론도 남작은 수천이 넘는 부하를 잃었지만 레오만 잡으면 전쟁은 끝이라는 생각에 목이 터져 나가라 외쳤다. 그는 급히 고삐를 잡아채며 누구보다 먼저 레오를 추격하기 시작했다.

'후후! 죽을 둥 살 둥 달려오는 꼴이라니……'

마법사들의 공격에 내상을 입은 척 연기를 했더니 적들은 금세라도 레오를 죽일 수 있을 거라 믿고 추격에 박차를 가했다. 기병을 주축으로 보병들까지 밀려드는 모습에 레오는 탈란이 기다리고 있는 숲 근처로 궁기병대를 인도했다.

"기병대장!"

"하명하십시오."

적의 추격이 끊어지지 않도록 거리를 유지하며 도망가는 터라 레오는 여전히 궁기병대의 뒤쪽에서 말을 달렸다. 적들이 쏘는 석궁을 귀신같은 검술로 쳐내며 달리던 그가 기병대장을 부르자 말을 거꾸로 탄 채 화살을 날리던 기병대장이 다가오며 대답했다.

"지금부터 무슨 일이 있더라도 절대 놀라지 말라."

"무슨 일이라니요? 혹 제가 모르는 구원군이라도 있는 겁니까?"

이곳으로 올 때 궁기병대만 왔기에 본대는 적어도 이틀은 더 있어야 도착할 것이다. 그러니 자신들 이외에 구원군은 있을 수 없었다. 그럼에도 놀라지 말라고 하니 의구심이 든 것이다.

"그대가 앞쪽으로 나아가면 대원들에게 내 명령을 전달하라. 저 숲을 지나치는 즉시 우측으로 선회하여 적의 허리를 끊을 것이다."

"하지만 방향을 틀게 되면 저 산 때문에 퇴로가 사라지게 됩니다만……."

"걱정 마라. 내가 다 알아서 조치를 취해두었으니. 바로 가도록!"

"충!"

기병대장은 레오의 명령을 전달하기 위해서 빠르게 말을 몰아 선두로 나아갔다. 그리고 대원들에게 레오가 전달한 명령을 빠르게 전달했다.

두두두두두두두!

지축을 뒤흔드는 말발굽 소리에 탈란은 커다란 나무꼭대기에 올라선 채 시선을 틀어 궁기병대와 그 뒤를 쫓는 카프리트 백작의 2군단을 응시했다.

"흐흐! 죽을 자리인 줄도 모르고 달려오는군."

탈란은 자신이 깔아놓은 대규모 환영마법진이 군데군데

있는 곳으로 레오의 궁기병대가 들어서는 것을 보았다. 그리고 금세라도 도륙을 낼 것처럼 달려드는 적의 기병대 선두가 그 뒤를 바짝 따르고 있는 것에 만족스러운 미소를 지었다.

"레이놀즈!"

"말씀하십시오."

"기병대가 지나는 즉시 몬스터들을 내몰아라. 그리고 그때를 기해서 마법진을 가동시킨다. 알겠나!"

"크크크! 맡겨주십시오. 멋지게 적들을 유린해 보이겠습니다."

"흐흐! 믿겠다."

탈란은 레이놀즈의 얼핏 사악해 보이는 미소에 입꼬리를 말아 올렸다. 그는 마계의 존재였고 피와 살이 튀는 죽음의 전장을 너무나도 동경하는 투쟁의 종족임을 그 미소로 증명해 보였다.

Chapter 03
반란 토벌

　레오를 마지막으로 궁기병대가 숲과 맞닿은 곳을 스치듯
이 지나갔다. 그리고 그 뒤를 바짝 추격하는 중장기병대가 마
법진이 도처에 깔린 곳으로 들어섰다.

　'조금만 더… 보병대가 들어서면 시작한다.'

　탈란은 레이놀즈를 비롯한 흑마법사들이 마나를 숨기고
숨을 죽인 채 대기하는 곳을 쳐다보았다. 자신의 신호가 레오
에게 전해지면 그는 곧바로 궁기병대를 이끌고 반전하여 적
들을 공격할 것이다.

　'100미터… 80…….'

뱀파이어이기에 땀이 날 일도 없건만 손바닥이 축축하게 젖는 느낌이다. 그러는 사이에도 보병대와 궁병대가 미친 듯이 달려서 마법진 지대로 들어서기 시작했다.

[작은 주인님, 지금입니다!]

탈란이 마법으로 음성을 은밀하게 레오에게 전달했다. 그러자 레오는 급히 마나를 실어 천마후를 터뜨렸다.

"반전하여 적을 친다! 전군 반전하라!"

"우오오오오오!"

레오의 광량한 목소리가 울려 퍼지자 선두로 치고 나갔던 궁기병대장부터 급히 말머리를 돌려 반전하기 시작했다.

"전원 검을 들어라! 적들을 주살한다!"

궁기병대이지만 기본적인 마상전투에 대한 훈련은 반드시 받아야 했다. 중장갑기병대와의 전투는 무리라지만 일반적인 보병에게는 그들 역시 공포의 존재들인 셈이다.

"저것들이 미쳤나?"

"짓밟아주자고! 돌격!"

뒤따르던 중장기병대는 갑작스럽게 반전하며 공격에 나서는 궁기병대를 보며 은은한 노성을 토했다. 아무리 세상이 이상하게 돌아간다고 해도 궁기병대가 중장기병대를 상대로 전면전을 걸어오는 것이 무모하다 못해 자신들을 비웃는 것으로 받아들인 것이다. 한마디로 가소롭다는 반응이 여실하게 드러났다.

"개자식, 자근자근 밟아주마!"

론도 남작은 살아남은 기사단을 이끌고 중장기병대의 선
두에서 내쳐 달렸다. 그의 눈에는 내상을 입고 오러도 제대로
끌어 올리지 못하는 레오만이 들어왔다. 레오가 지풍을 날리
며 중장기병대를 요격하는 것을 모르는 그는 암기 같은 것으
로 겨우겨우 싸우는 거라 착각하고 있었다.

"보병대는 우측으로 돌아라! 적들이 반전하여 오는 곳을
막는다!"

보병대를 이끌던 지휘관이 외치자 중장기병대의 뒤를 힘
겹게 쫓아가던 보병대가 우르르 방향을 틀어 우측을 향해 움
직였다. 이미 보병대와 궁병대가 영역 안으로 들어온 상황이
기에 방향이 바뀌는 것은 별다른 문제가 없었다.

[마법진을 발동시켜라!]

탈란의 마법전성에 레이놀즈와 흑마법사들은 일제히 마력
을 개방시켰다. 지팡이를 통해서 뿜어져 나가는 흑마력이 각
기 정해진 지점으로 날아가고 곧바로 마법진이 깨어나기 시
작했다.

고오오오오오오오오!

마법진이 깨어나는 기세로 인해 미친 듯이 바람이 휘몰아
쳤다. 귀신이 떼로 몰려나와 울부짖는 듯한 귀곡성이 울려 퍼

졌다.

'시작됐군. 이제 내가 나설 차례인가?'

레오는 마법진의 움직임을 알아챌 수 있을 정도의 마법사가 2군단에는 없음을 익히 알고 있었다. 지금의 마법진은 탈란이 깔아놓은 것으로 레이놀즈 정도는 되어야 알아챌 수 있을 정도의 수준 높은 마법진이었다.

타탁! 휘리릭!

공중으로 날아오르는 레오는 급히 마법을 펼치며 더욱 높은 곳으로 솟아올랐다. 족히 100여 미터는 공중으로 올라간 상태라 지면에서는 손가락 한 마디 크기 정도로 보였다.

"후읍!"

레오는 자신의 모습이 확실하게 적들에게 보이게 하기 위해 내력을 끌어 올렸다. 그러자 역천마신공의 공능으로 만들어지는 오러가 그가 원하는 대로 형상화되어 갔다.

"들어라! 이 스베인 왕국을 배반하여 간악한 제국의 편이 된 너희 배덕자들이여!"

갑작스럽게 공중에서 펼쳐지는 기이한 움직임에 놀라던 병사들은 레오의 신형이 공중에서 투명한 오러에 휩싸여 거대하게 부풀어 오르는 것을 보았다.

"으으……."

"저, 저게 도대체 뭐, 뭐야?"

병사들은 레오의 광량한 목소리에 경악하고 그의 모습에 가슴이 철렁 내려앉았다.

"이제 조국을 배반하고 적국의 앞잡이가 된 너희를 스베인을 지켜봐 주시는 주신께서 징치하실 것이다! 보라!"

레오가 오러로 인해 서너 배는 족히 더 커 보이는 팔을 들어 몬스터들이 밀려드는 곳을 가리켰다.

"너희 배덕자들을 징치하기 위해 한낱 흉성만 남아 있는 몬스터들도 나섰구나! 어리석은 자들이여! 이제 너희에게는 죽음의 심판만이 남았노라!"

웅웅거리며 들려오는 레오의 목소리에 이어 말발굽 소리와는 미묘하게 다른 커다란 발걸음 소리가 거세게 들려왔다. 그리고 숲의 일부분이 무너져 내리며 그곳으로부터 수천이 넘는 몬스터가 광폭하게 밀려 나왔다.

"크워어어어!"

"춰익! 신의 징벌을… 춰이이익!"

선두에 선 오우거와 트롤의 포효에 이어 오크들과 고블린이 내지르는 음성은 분명 신의 징벌이라는 소리였다. 그 말을 듣는 순간 병사들은 공포에 빠져들었다.

"으으, 신의 징벌이라니……."

"도, 도대체 어떻게 된 거야? 국왕이 미쳐서 카프리트 백작님을 죽이려 한다기에 동참한 건데……."

"서, 설마… 레오 대공의 말대로 우리는 진짜 제국의 앞잡이가 되어 반란을 일으킨 거라 말인가?"

병사들은 혼란에 빠진 와중에도 자신들이 왜 이곳에서 싸워야 하는지에 대해 의문을 토로했다. 기사들은 분명 왕이 미쳐서 충신인 카프리트 백작을 죽이려 하니 살기 위해서는 싸워야 한다고 말했다. 그러나 레오 대공의 말에 의하면 그와는 반대인 상황이다.

"캬악! 퉤! 내 저 기사 새끼들이 저럴 줄 알았다니까."

"쓰벌! 괜히 개죽음을 하게 되다니."

병사들은 이상하게 싸울 의지보다는 여기서 그만두고 싶다는 마음이 들었다. 투기가 사라지고 이상한 기운이 병사들을 현혹시키고 있었다. 거기에 몬스터들의 공격이 시작된 지점에 있던 보병들은 저항도 해보지 못하고 짚단처럼 쓸려 나갔다.

"마, 말도 안 되는 소리에 현혹되지 마라! 국왕은 정신이 나가서 충신 중의 충신인 파드슈 후작을 제거했다! 창을 들어라, 2군단의 정예들이여!"

카프리트 백작은 갑작스런 몬스터들의 공격과 병사들의 이상 현상에 다급히 마나를 실어 외쳤다. 그리고 자신을 호위하듯 서 있는 기사들에게 명령을 내렸다.

"서둘러서 몬스터들을 막아라! 아군이 괴멸되는 것을 막아야 한다!"

"추웅!"

기사들은 상황이 다급하게 돌아가는 것에 빠르게 고삐를 잡아채며 앞으로 뛰쳐나갔다.

"이고르 단장!"

"말씀하십시오."

"단장이 수고를 해줘야겠네. 저 몬스터들을 먼저 제압해야 할 것 같으니."

기사들이 나갔다고 해도 5천에 이르는 몬스터는 재앙에 가까운 숫자였다. 정예 병사 하나가 상대할 수 있는 것은 고블린 정도라고 할 수 있었다. 오크는 두셋 정도의 병사가 달라붙어야 할 정도이니 적어도 1만 이상의 병력이 죽기 살기로 달려들어야 동수를 이룬다는 계산이 나온다.

"염려 마십시오. 아까 있었던 전투에서 제대로 된 전투도 하지 못했으니까 말입니다."

2군단에 소속된 마법병단 단장 이고르 남작은 5클래스의 마법사였다. 나머지 50명의 마법사들은 3클래스와 4클래스들로 이루어져 있었다.

"부탁하네."

"하하하! 그럼 먼저 가보겠습니다. 마법병단은 나를 따르라!"

이고르 남작이 기사들의 뒤를 따라가자 그의 지휘를 받는
마법병단 단원들이 말을 몰아 뒤를 따랐다.

"기사들이 앞을 막는 동안 우리는 뒤쪽의 몬스터들에게 최
대한의 피해를 주어야 한다. 마력이 허용하는 대로 공격을 퍼
부어라! 플레임캐논!"

우우우웅! 슈아아앙!

기사들이 싸우는 곳으로 달려간 이고르 남작이 작정하고
5클래스의 광범위 마법을 시전했다. 강력한 화염구의 폭발
로 플래시 데미지까지 입히는 마법으로 반경 30미터는 너끈
하게 날려 버리는 강력한 마법이다.

'마법사들인가?'

레오는 몬스터들을 도륙하기 시작한 마법사들을 보았다.
저 마법사들이 아니라면 너무도 평이한 대응으로 명장이라는
소리를 들었다는 카프리트 백작에게 실망했을 것이다. 하지
만 생각해 보면 명장이라고 불린 카프리트 백작이지만 그는
이미 반란군이 되면서 그 빛나는 이름을 잃어버렸다.

'그의 특기가 조직 장악과 수성전이라고 했던가? 하긴 공
격에 능한 이가 아니니 그럴 수도 있겠지만.'

지금 그가 발휘할 수 있는 지휘는 너무도 뻔한 것이었다.
허물어지려고 하는 방어선을 채우고 현혹 마법에 빠져서 사
기를 잃어버린 병사들을 독려하는 것뿐이다.

'먼저 제거해야 할 것은 마법사들이었나?'

레오는 독하게 마음먹었다. 시시각각 달려오며 마법을 난사하는 그들로 인해 벌써 수백 마리가 넘는 소형 몬스터가 죽임을 당했다. 이미 피를 본 다음이라 몬스터들의 광기와 흉포한 본성은 폭발한 상태였기에 후퇴하는 것을 염려하는 것은 아니지만 특단의 대책이 필요했다.

"비켜라! 막는 자는 모두 참하겠다!"

레오는 그대로 신형을 날려 엉거주춤한 자세로 서 있는 중장보병대를 향해 짓쳐 나갔다.

"레오 대공이다!"

"마법병단, 레오 대공을 공격하라!"

마법사들 중에서 맨 후미에 있던 자가 레오의 접근을 알아채고 외치자 병단장의 득달같은 명령이 떨어졌다. 그러자 몬스터들을 향해 마법을 난사하던 마법사들이 일제히 방향을 틀어 레오를 향해서 캐스팅을 시작했다.

"콜라이트닝!"

"윈드스피어!"

"바인딩!"

갖가지 마법이 펼쳐졌다. 레오의 발을 묶기 위해서 바인딩을 시전하는 자와 번개와 바람, 그리고 화염의 마법이 서로 상승작용을 일으키며 날아들었다.

"어림없는 수작! 블러드 카이저!"

레오는 연달아 천마혈황장법을 쳐냈다. 수강을 동반한 장영이 레오의 앞쪽으로 뻗어 나가며 그대로 마법과 충돌했다.

"피, 피해! 실드!"

"헉! 배, 배리어!"

마법사들은 자신들의 마법을 부수며 그대로 들어오는 수십 줄기의 수강에 대경실색했다. 이전에 자신들의 요격을 받고 큰 타격을 받았던 모습과는 너무도 판이한 결과에 패닉 상태에 빠져든 것이다.

슈아아아앙! 콰지지지직!

제일 처음 들이닥친 수강이 배리어를 치고 피하던 마법사를 그대로 짓이기며 들어갔다. 배리어는 검기를 막아낼 수 있을 정도로 단단한 방어 마법이었지만 상대가 너무 강한 것이 문제였다.

"아, 안 돼!"

배리어가 깨져 나가는 순간 수강이 덮쳐 오자 마법사는 비명을 지르며 손으로 얼굴을 가렸다. 그러나 채 비명을 지르기도 전에 그의 육신은 수강에 의해 가루가 되며 사라져 버렸다.

"이, 이럴 수가……!"

"말도 안 돼!"

너무도 어이없는 결과에 살아남은 마법사들은 레오를 악마를 보듯했다. 대적할 수 없는 강함에 항거 불능 상태에 빠져 버린 것이다.

"레오 대공을 막아라! 마법사들을 보호해야 한다!"

기사 중의 하나가 소리쳤다. 어떻게든 레오를 저지하여 상황을 반전시켜 보려는 몸부림이었다. 그러나 이미 절반이 넘는 기사들이 죽은 상황이고, 몬스터들의 공격을 막기 위해 동원된 기사들은 발을 빼기엔 늦어버렸다.

"오라! 신의 저주를 받은 자들아! 한낱 몬스터도 나라를 배신한 네놈들을 응징하기 위해 싸우거늘 여전히 살아남을 수 있을 거라 생각하느냐!"

레오는 자신을 막으라고 소리친 기사를 향해서 신형을 폭사시켰다.

"으으……."

기사는 레오가 자신을 향해서 날아들자 엄청난 기세에 벌벌 떨어야 했다.

처척!

순식간에 자신의 앞으로 날아온 레오가 검을 목에 겨누는 그 순간까지 기사는 아무런 행동도 하지 못했다. 그 흔한 저항의 몸부림도 할 수 없을 정도로 공포에 젖어든 불쌍한 눈빛을 하고 있을 뿐이다.

"말해봐라! 네놈이 스베인 왕국을 배신하고 제국에 팔아먹으려는 이유를!"

레오의 음성은 내공이 담겨 있어 전장을 쩌렁쩌렁 울렸다. 기사를 향해 말하는 것이 아니라 지금도 몬스터들과의 싸움으로 죽어가고 있는 병사들을 향한 것이었다.

'전쟁은 명분이다. 병사들도 자신들이 나라를 배신하고 제국의 개가 된다는 것을 알게 되면 저절로 허물어질 수밖에 없지. 특히 지금 같은 상황이라면 더더욱.'

레오는 일부러 카프리트 백작의 반란이 살아남기 위한 몸부림이 아니라 실제로 제국의 첩자인 것을 은폐하기 위함임을 알렸다.

"제국의 첩자로 스베인을 좀먹던 파드슈 후작을 처리하니 첩자인 것을 들킬까 봐 반란을 일으킨 카프리트 백작과 그 뜻에 따르는 네놈들은 매국노다! 스베인의 반역자여, 죽어라!"

레오는 그대로 기사의 목을 쳐버렸다. 붉은 피가 뿜어져 나오고 잘려 나간 머리가 바닥을 굴렀다. 그럼에도 그 어떤 기사도 레오를 향해 검을 겨누지 못했다.

"네놈들도 죽여주랴?! 제국의 개! 갤러헤드 공작의 앞잡이들아!"

레오가 일일이 검을 겨누며 소리치자 기사들은 고개를 숙였다. 그들 대부분이 카프리트 백작을 죽이기 위해서 왕이 숙청의 검을 뽑았다는 말을 듣고 분기탱천하여 반란에 동참한 상황이었다. 그러나 레오가 외치는 소리를 들으니 카프리트 백작은 원래부터 제국의 첩자였고, 자신들은 그런 카프리트 백작에 부화뇌동하여 반란에 동참한 매국노가 되어 있었다.

"으으, 그게 정말입니까?"

기사 중 하나가 참담한 표정으로 레오를 향해 물었다. 처음에 레오가 떠들 때는 자신들을 속이기 위해 그러는 거라 여겨 검을 들고 저항했다.

그러나 시간이 지날수록 레오는 당당하고 자신감이 넘쳤다. 그리고 자신들을 모두 도륙할 수 있는 능력을 가지고 있다는 것을 알 수 있었다. 그런 그가 거짓말을 할 이유가 없었다. 자신들을 모두 도륙하고 카프리트 백작을 죽이면 반란은 자연히 진압되기 때문이다.

"사실이다. 파드슈 후작은 갤러헤드 공작의 수하로 스베인 왕국에서 4대째 암약해 온 최고위 첩자였다. 카프리트 백작은 그와 혈연으로 이어져 포섭된 자이고."

"그럴 수가……!"

레오의 당당한 말에 기사들은 참담했던 표정을 더욱더 찡그렸다. 믿었던 군단장에게 배신당했다는 기분과 조국을 배반했다는 참혹한 심정이 그대로 얼굴에 드러난 것이다.

"항복하겠습니다."

찰캉!

기사 중 하나가 검을 내려놓았다. 스베인을 제국에 팔아먹기 위해서 반란을 일으킨 것이 아니기에 이대로 항복하여 노예가 되더라도 저항할 수 없다는 판단에 한 행동이었다.

"좋다, 너의 항복을 받아들인다. 너 역시 저 간악한 매국노의 감언이설에 넘어가서 검을 든 것을 안다. 그러니 징계를 받기는 하겠지만 기사의 명예는 지켜줄 것이다. 이는 나의 이름을 걸고 하는 약속이다."

레오가 기사에게 명예를 지켜주겠다고 약속하자 검을 내려놓는 기사들이 늘어나기 시작했다. 노예로 팔려도 할 말이 없는 자신들의 명예를 지켜준다는 것은 앞으로도 기사로서 살아갈 수 있다는 의미이기 때문이다.

"항복합니다!"

"제 검을 받아주십시오!"

기사들이 앞을 다투어 검을 내려놓자 몬스터들과 싸우고 있던 곳의 병사들이 더욱 동요하기 시작했다.

"으아아! 여기서 개죽음당할 수는 없어!"

"사, 살려줘!"

병사들의 고함 소리가 레오의 귀에 들려왔다. 기사들이 무너지니 몬스터들의 공격 앞에서 병사들의 공포감이 더욱 극대화된 모양이다.

[탈란! 몬스터들의 공격을 멈춰!]

[알겠습니다, 작은 주인님!]

탈란의 대답이 있고 얼마 지나지 않아 몬스터들이 썰물 빠지듯이 물러났다. 병사들은 믿을 수 없는 상황에 얼이 빠져서 그대로 무너지듯이 주저앉았다.

'이제 남은 것은 카프리트 백작뿐인가?'

레오는 멍하니 앉아 있는 기사들을 지나쳐 전마 위에 앉아 있는 카프리트 백작을 향해서 걸음을 옮겼다. 허탈함을 가득 드러내고 있는 백작은 아무런 행동도 하지 않고 있었다.

"주군, 피하셔야 합니다!"

"막아라!"

머뭇거리던 친위기사들이 앞으로 나서며 레오를 막으려 했다. 상황이 틀어진 것을 느끼고 어떻게든 카프리트 백작을 데리고 도망갈 생각인 듯했다.

"길을 열어라."

"하, 하지만……."

"비록 이 나라를 저버렸지만 기사의 도를 버린 것은 아니다."

"으음."

기사들은 입술을 지그시 깨물더니 이내 고개를 숙이고 뒤로 물러섰다. 그 광경을 바라보던 레오는 잠깐 멈췄던 발걸음을 다시 재촉하여 백작의 앞에 섰다.

"왜 그랬나."

레오는 카프리트 백작 앞까지 가면서 아무런 공격도, 제지도 받지 않았다. 담담하게 묻는 레오의 물음에 카프리트 백작은 빙긋 웃으며 대답했다.

"나는 내게 주어진 임무에 최선을 다했을 뿐이네. 다만 그것이 스베인의 대공인 너에게는 반역이라 불렸을 뿐."

카프리트 백작의 말에 레오는 가볍게 고개를 주억거렸다. 스베인 왕국의 입장에서 보자면 카프리트 백작은 반역자이지만 그가 속해 있는 집단이나 제국 측에서 보자면 영웅적인 거사일 것이다. 모든 것은 상대적인 것이고, 저들의 입장에서 보자면 자신이 그들의 거사를 막는 악당일 수도 있는 것이다.

"그렇군. 순순히 갈 텐가?"

"흐흐흐! 그러기에는 너무 구차하지 않겠나?"

카프리트 백작은 그렇게 말하며 전마에서 뛰어내렸다. 그리고 앞으로 걸어 나와 레오를 향해 검을 뽑아 들었다.

"깔끔하게 베어주게."

"큭! 그러지."

레오는 비록 반란을 일으킨 무도한 적이지만 한때나마 왕국의 기사이던 자이기에 최선을 다해서 벨 생각이다.

후우웅!

플랑베르주에 다시금 오러의 기운이 일어났다. 무엇이든 베어낼 수 있는 무적의 기운이 일어나자 허탈감에 빠져 있던 카프리트 백작의 눈에 묘한 생기가 감돌았다.

"멋지군. 내 평생을 꿈꿨던 것인데……."

"그런가?"

"크큭! 비록 마스터에는 오르지 못했다 하나 나 역시 검을 수련한 기사. 결코 순순히 죽지는 않을 것일세."

"기대하지."

레오는 검을 뽑아 들고 기이한 기수식을 취하는 카프리트 백작을 응시했다.

'이 대륙의 검술이 아니다. 그렇다면……?'

분명 세인트몽크의 전설을 얻은 겔러헤드 공작에게서 나온 검술일 것이다.

"세인트몽크의 검술인가?"

레오의 물음에 픽 미소 지으며 카프리트 백작은 순순히 시인했다.

"그렇다고 하더군. 그래서 그들의 편에 섰지."

"검술에 팔린 것인가?"

"그렇게 말해도 할 말은 없다. 하지만 검을 든 자라면 적어도 절반 이상은 나 같은 선택을 하지 않겠나?"

"그럴지도 모르지, 검을 든 자라면."

말을 하면서도 씁쓸했다. 검을 든 자들이 강한 검술을 얻기 위해서는 목숨까지 팔 수 있는 족속이라는 것은 부정할 수 없는 사실이니 말이다.

"그럼 가겠네. 비록 반쪽짜리 검술이라고는 해도 세인트몽크의 검술일지니! 타앗! 성자의 검!"

세인트몽크가 남긴 검술이 펼쳐졌다. 표홀하게 떠오른 카프리트 백작의 검이 공중에 기이한 형상을 만들어내며 날아들었다.

스스스스슷!

레오는 카프리트 백작, 아니, 세인트몽크의 검술이 어떤 것인지 알아내기 위해서 천마군림보를 밟으며 그의 검술을 피해냈다. 그러면서 눈은 한시도 그의 검술에서 떼지 않았다.

'반쪽짜리 검술이라고 하더니… 마나 연공법에 문제가 있군.'

레오는 카프리트 백작의 문제가 무엇인지 대번에 알아챌 수 있었다. 검술은 검로와 수백 번의 변화를 일으키는 검식 모두 흠잡을 곳이 없었다. 다만 그 검술을 뒷받침해 줘야 할 무언가가 빠져 있었다. 그럼에도 익스퍼트 최상급에 오른 카프리트 백작이었으니 제대로 된 연공법만 있었다면 진즉에 마스터에 올랐을 것이다.

'아쉽군.'

레오는 시시각각 거리를 좁혀오며 검술을 펼쳐내는 카프리트 백작의 공세를 피해내며 아쉬움에 입맛을 다셨다.

"여기까지만 하지."

레오는 그렇게 말한 후 마나를 응축시켰다가 그대로 폭발시키듯이 뿜어냈다.

쉬이이이잇!

날카로운 소성을 만들어내며 레오의 검이 일직선으로 뻗어 나갔다. 점과 점을 잇는 극쾌의 수법이 펼쳐지고 레오의 신형이 카프리트 백작을 스치고 지나간 다음에야 허공중에 기다란 오러의 선이 그려졌다.

"쿨럭!"

믿을 수 없을 정도로 빠른 검술에 장황하게 공격하던 카프리트 백작의 눈이 치떠졌다. 인간의 눈으로는 도저히 쫓을 수도 없는 검술이라는 단편적인 생각이 스치듯이 지나갔다. 그리고 그런 검술이 최고의 검사라 불리던 전설의 인물, 바로 티엔마르의 검술이라는 생각이 들었다.

"여, 역시… 티엔마르. 영광… 이었소."

쿠웅! 스팟!

카프리트 백작이 쓰러지고 난 다음에야 그의 목이 몸통과 분리되며 바닥을 굴렀다. 그리고 잘라진 틈 사이로 흘러나오는 핏물을 보며 레오가 신형을 틀었다.

"검을 버려라!"

레오는 공포에 덜덜 떨고 있는 친위기사들을 보았다. 그들은 카프리트 백작이 죽는 그 순간에 이루어졌던 놀라운 광경에 말을 잃고 멍하니 서 있었다.

"으으⋯⋯."

저항할 엄두도 낼 수 없는 검술이었다. 친위기사 20명이 동시에 달려든다고 할지라도 순식간에 그 미치도록 빠른 검술에 목숨을 잃고 말 것이다.

"이 자리에서 죽겠느냐!"

강렬한 마나가 실린 레오의 음성이 기사들의 귀청을 두드리고, 그들은 힘없이 검을 떨어뜨렸다.

"항복한 병사들을 포박하라!"

레오는 멀리서 달려오고 있는 궁기병대를 향해서 명령을 내렸다. 이미 성이 있는 곳에서 달려오고 있는 하켄 자작의 병사들도 있었으니 2군단의 병사들을 포박하는 일은 문제될 것이 없었다.

"어서 오너라. 네 덕분에 한시름 놓을 수 있게 되었다."

왕성으로 귀환한 레오는 외할아버지인 국왕의 환대를 받았다. 대전에서 이루어진 반란 토벌에 관한 보고가 끝나고 이제는 국왕과 단둘이서 갖는 가벼운 티타임이었다.

"할아버지도 참, 당연히 해야 할 일이었습니다."

"허허허! 그래도 결코 쉬운 일이 아니었다는 것을 내가 잘 알고 있다."

"후후후!"

레오가 말없이 웃기만 하자 스베인 국왕은 대견한 미소를 지은 채 외손자를 응시했다. 그러다 뭔가 생각났는지 안색을 굳히며 입을 열었다.

"아참, 그런데 말이다."

"네? 무슨 일이라도 있으십니까?"

레오는 외할아버지의 표정이 굳는 것을 보고 자세를 고치며 물었다.

"혹시 암브로시아 공작에 대해서 들어보았느냐?"

"암브로시아 공작이라면… 프로렌스 왕국의 공작가 아닙니까? 그자 역시 고대의 전설을 이었을 것으로 추정되는 자라고 들었습니다."

레오는 예전 후튼 공국의 발굴단 수뇌들이 고대의 전설을 하나씩 얻었을 것이라고 추측하고 있었다. 그렇다면 프로렌스 왕국의 발굴단 대표였던 암브로시아 공작가도 그중 하나를 얻었을 것이다.

"비선에서 보고가 올라왔는데 말이다. 이상한 일이 벌어졌다고 하더구나."

"이상한 일이라뇨?"

"네가 가지고 있던 왕가의 펜던트가 지금 프로렌스 왕국에 나타났다는구나. 그리고 그것을 가지고 온 자가 암브로시아 공작의 계파에 속하는 이계인 후작의 보호 아래 왕궁으로 향하고 있다는 보고다."

"펜던트라면……. 아! 그래서……."

레오는 자신의 펜던트를 빼돌리고 모조품을 남겨놓고 도주한 에바를 떠올렸다. 그녀가 가지고 간 펜던트는 이미 도로 바꿔치기해 놓았지만 그것이 프로렌스 왕국에까지 넘어갔을 줄은 미처 상상하지 못했다.

'하기야 너무도 똑같이 만들어놓은 위조품이니 왕가의 핏줄이 아니면 진위 여부를 가리지 못하겠지.'

그렇게 생각하다 보니 왜 그런 일을 벌이는지 의문이 들었다. 펜던트가 진품이라고 해도 그것을 발동시킬 수 있는 자는 왕가의 핏줄이어야 한다. 그게 아니라면 펜던트는 그저 귀한 보석이 박혀 있는 액세서리에 불과하다.

'이유가 뭘까?'

골똘히 생각하고 있는 레오를 보며 스베인 국왕이 물었다.

"무슨 생각을 그리 골똘히 하는 게냐?"

"아! 죄송합니다. 펜던트를 바꿔치기하려고 한 적이 있습니다. 제가 원상태로 해놓았는데 그게 지금 벌어지고 있는 일과 연관이 있는 거 같아서요."

"그래? 그렇다면 저들은 그 펜던트가 진짜라고 생각하고 있다는 말이더냐?"

"그렇겠죠. 왕가의 핏줄이 아니면 그 펜던트를 발동시키지 못하겠지만요."

"으음, 그게 그리 간단한 문제가 아니란다."

"간단한 문제가 아니라니요?"

레오의 물음에 스페인 국왕은 지금 벌어지고 있는 사태를 종합하여 이야기했다.

"저들의 정체가 드러난 이상 저들이 취할 수 있는 방법은 그리 많지 않을 게다. 강대한 힘을 소유하고 있더라도 저들이 속한 제국과 왕국들은 결코 만만치 않은 상대들일 테니 말이다."

"그렇겠죠. 마스터를 많이 보유하고 있더라도 전투는 이길 망정 전쟁을 이기는 것은 아닐 테니까요."

"그렇다면 저들이 노리는 것은 뻔하지 않겠느냐?"

"반란인가요?"

"그렇지. 우리 왕국이야 네가 있어서 파펠본 공작가를 처리할 수 있었다만 다른 왕국이나 제국들은 다르지. 프로렌스 왕국의 암브로시아 공작만 해도 그의 정적이라고 할 수 있는 다른 두 공작의 힘이 여간한 게 아니거든. 거기다 네 아비인

프로렌스 7세 역시 녹록한 사람은 아니지. 암!'

비록 지금은 틀어져서 원수처럼 지내고 있는 사위라고는 해도 외손자의 아비다. 그래서인지 프로렌스 7세를 이야기할 때는 조금이지만 자부심 같은 것이 엿보였다.

"그런 상황이라면 너는 어떻게 하겠느냐? 네가 암브로시아 공작이라면 말이다."

스베인 국왕의 말에 레오는 자신이 상대방이 되어 생각해 보았다. 유니온의 힘을 동원하고 왕가의 상징이라고 할 수 있는 펜던트를 가진 자를 내세웠다. 그렇다면 그들이 취할 수 있는 방법은 최선의 수로 두 가지이다.

'하나는 가짜를 진짜 왕자로 만드는 방법일 것이고, 다른 하나는 국왕을 암살하는 거겠지. 그리고 그 책임을 스베인 왕국에 물어서 전쟁을 일으키는 걸 테고.'

스베인 왕국과 전쟁이 벌어진다면 암브로시아 공작에 대한 책임을 묻기보다는 파펠본 공작가의 기사들과 싸우기 위해서 그들의 죄를 물어야 할 것이다.

"아무래도 제가 가봐야 할 것 같습니다."

"네가 직접 말이냐? 흐음, 네 얼굴도 이제는 알려져서 프로렌스 왕국에 들어가기 어려울 수도 있다."

"후후! 걱정하지 마십시오. 몰래 들어갈 테니까요."

"으음, 꼭 그렇게 해야겠느냐?"

"제가 아니면 이 문제를 해결할 방법이 없잖아요. 펜던트도 제가 가지고 있고. 그리고 아무리 부정하려고 해도 제 부친이 프로렌스 7세잖아요?"

"그렇기는 하지."

스베인 국왕은 외손자의 정체를 최대한 숨기려 했다. 나중에 프로렌스 7세가 아들을 내놓으라고 할 때를 대비해 최소한의 연결고리를 유지하기 위함이었다.

"후후! 걱정하지 마시고 왕국의 전력 확충에 힘써주세요. 나머지는 제가 알아서 할 테니까요."

"알았다. 하지만 조심해야 한다. 알겠느냐?"

외할아버지의 걱정 어린 다짐에 레오는 말없이 고개를 끄덕이며 웃었다. 지금으로서는 그 이상의 말이 필요 없었기 때문이다.

Chapter **04**
프로렌스 왕국으로

　프로렌스 왕국으로 가는 것은 그리 어렵지 않았다. 국경까지 텔레포트로 이동한 다음 역용술로 얼굴을 바꾸고 국경 검문소를 통과했다.

　"정지!"

　프로렌스 왕국의 수도인 이베인에 들어섰을 때 왕성의 수비군으로 보이는 병사들이 레오를 막아섰다.

　"무슨 일인가?"

　레오는 냉막해 보이는 삼십대 중반의 사내 모습이었다. 복장은 누가 보더라도 방랑기사로 보이고 엔드류 역시 비슷한 기사 복장과 전투마, 그리고 무기를 소지하고 있었다.

"어디에서 오시는 분들입니까?"

병사는 아니고 백부장 정도 되어 보이는 자였다. 제법 강인해 보이는 인상과 단단한 근육질의 소유자로 전신에서 마나가 느껴지는 것이 조금만 더 수련하면 익스퍼트에 올라설 수 있을 듯이 보였다.

"나는 맥스 베인이다. 그리고 자유기사로 대륙을 떠돌며 검술을 수련하는 중이다."

"드류 페레즈다. 나 역시 자유기사의 신분이고."

백인장 정도의 신분이면 평민으로서는 최대로 올라간 것이라고 할 수 있었다. 그러나 준귀족에 해당하는 기사와는 차이가 있는지라 눈썹을 꿈틀거리면서도 백인장은 손을 내밀며 말했다.

"검을 소지한 자가 왕성에 들어갈 때는 신분 확인을 해야 하는지라… 신분 증명을 부탁드립니다."

고집이 엿보이는 모습에 레오는 종자로 위장하고 있는 미크러스를 향해서 손을 내밀었다.

"가지고 오너라."

"네, 나리."

나이는 비슷해 보이지만 기사의 종자들이 대부분 그렇듯이 수련기사가 되지 못하고 종자에서 머무는 이들이 많았다.

"여기 있습니다."

미크러스가 건네는 것은 스베인 왕국의 첩보대가 만들어 놓은 위장 신분증으로 자유기사를 증명하는 마르스 신전에서 발행한 은패였다.

"흠, 마르스 신전에서 발행했고… 이름이 맥스 베인. 확인 끝났습니다."

신분패를 도로 건네주는 백인장은 신분패에 기재되어 있는 인상착의까지 확인한 후 길을 열었다.

"들어가십시오. 기사의 신분이니 아시겠지만 왕성 내에서 소란을 일으킬 경우 큰 봉변을 당할 수 있으니 주의하시기 바랍니다."

"물론이다. 검술의 끝을 보기 위해 기사행을 하는 자유기사인 내가 함부로 검을 뽑을 일은 없을 것이다."

"부디 그러기를 바랍니다. 통과!"

백인장의 외침에 병사들이 길을 열었다. 그러자 레오를 선두로 하여 엔드류와 미르토가 등이 뒤를 따랐다.

"흠, 실력은 알 수 없지만 자유기사 두 명과 종자 십여 명이라……. 일단 보고는 해야겠군."

백인장은 품에서 뭔가를 꺼내서 빠르게 휘갈겨 썼다. 그리고 글 쓰는 것을 마치자마자 병사 하나를 불러 무언가를 지시했다. 이제 남은 것은 자신의 보고를 받는 자들이 선택할 문제였다.

"바람의 쉼터⋯⋯. 여기구나."

레오는 외할아버지인 스베인 국왕으로부터 넘겨받은 자료의 기억을 떠올렸다. 겉보기에는 평범한 여관이지만 스베인 왕국의 고정 첩자가 주인으로 있는 여관이었다.

"여깁니까?"

엔드류의 물음에 레오는 말없이 고개만 끄덕였다. 그러자 미크러스가 말에서 뛰어내리며 곧장 여관으로 이동했다.

"에그머니나! 손님들이 잔뜩 오셨네! 호호호!"

푸짐하게 생긴 여관 안주인의 호들갑과 함께 두 사람이 마중 아닌 마중을 나왔다. 바깥을 계속해서 주시하고 있었다는 반증이다.

"저희 바람의 쉼터에 오신 것을 환영합니다, 손님들!"

안주인이 여유로운 모습으로 환영의 인사를 건넸다. 그녀가 인사를 할 때 점원인 아이는 기사로 보이는 레오에게 다가와 꾸벅 인사를 한 후 손을 내밀었다.

"안녕하십니까, 기사님! 말고삐를 주세요."

"옛다."

레오가 말고삐를 건네자 점원 아이는 재빠르게 엔드류에게 다가가며 레오에게 한 행동을 그대로 반복했다. 그러는 사이 미크러스가 안주인에게 빈방이 있는지 물었다.

"1인실 두 개와 5인실 두 개 있소?"

"물론입지요. 제가 특별히 좋은 방으로 드립지요. 호호호! 안으로 들어가시지요."

펑퍼짐한 둔부를 씰룩이며 안주인이 먼저 안으로 들어가자 미크러스가 주위를 살피며 레오에게 말했다.

"들어가시죠."

"그러지."

레오는 차분히 걸음을 옮기며 여관 안의 상황을 살폈다. 혹시라도 다른 이상한 점은 없는지 빠르게 훑은 것이다.

'저자가 안톤이겠군.'

고정 첩자로 이곳에 머문 지 10년이 넘는 베테랑이라는 소리를 들었다. 그런 이력에 맞게 실력 또한 최소한 중급의 익스퍼트는 넘어서 상급을 바라보고 있는 자였다. 은퇴한 용병으로 여관을 차리는 것은 흔한 일이었기에 다른 이들의 의심을 피할 수 있을 것이다.

"이보게."

"네, 기사 나리!"

"방으로 페지트산 허브티를 먼저 가져다주게. 가능하겠나?"

"페지트산 허브티를 말씀이십니까? 물론 가능은 합니다

만… 가격이 워낙 비싼 차라서요."

"한 잔에 2골드가 넘지는 않겠지?"

2골드라는 말에 여관 주인으로 위장하고 있는 안톤의 눈에 이채가 어렸다.

"물론입지요. 2골드면 충분합니다요. 헤헤헤!"

"그럼 부탁하겠네."

"네, 바로 준비하겠습니다요."

레오는 말을 마치고 곧장 여관 주인의 안내를 받아 2층 가장 안쪽에 위치한 1인실로 들어갔다. 그리고 얼마 지나지 않아 안톤이 직접 향긋한 차향을 풍기며 들어왔다.

"안톤이다. 암어는 맞지만 처음 보는데 정체를 밝혀라."

안톤은 프로렌스 왕국을 담당하는 첩자들 가운데에서 가장 서열이 높은 축에 속하는 고정 첩자였다. 그래서인지 상당히 고압적인 모습이다.

"받도록!"

레오는 시큰둥한 표정으로 품속에서 한 개의 패를 꺼내서 안톤에게 던졌다. 미스릴로 만들어진 패는 두 개의 달과 한 자루의 검이 양각되어 있고 아래쪽으로 기이한 문자가 새겨져 있었다.

"헉, 실례했습니다."

첩보 조직의 수장도 고작해야 금으로 만들어진 패를 소유하고 있을 뿐이다. 그런데 미스릴로 만들어진 것이라면 국왕을 대리하는 신분이다. 삼십대로 보이는 외모를 지닌 스베인 왕국의 왕족은 존재하지 않았으니 실제의 모습은 아닐 거라는 생각에 안톤은 급히 예를 갖추며 한쪽 무릎을 꿇었다.

"예를 거두라."

"충!"

안톤이 다시 일어나자 레오는 한쪽에 있는 의자를 가리키며 말했다.

"앉게. 알고 싶은 것이 많으니."

"감사합니다."

안톤이 자리에 앉자 레오는 프로렌스 왕국에 관한 여러 가지 사안을 물었다. 권력 서열부터 시작하여 지금 벌어지고 있는 상황에 대한 것들까지 빠짐없이 묻고 안톤의 대답을 머릿속에 저장했다.

"왕가의 펜던트를 가지고 등장한 자는 어떻게 하고 있지?"

"펜던트는 왕가의 핏줄을 이은 자가 피를 흘리면 저절로 보호 마법이 발동되는 것으로 알려져 있습니다. 하온데 그자는 그 보호 마법을 발동시키지 못한 관계로 아직 왕가의 핏줄로 인정받지 못하고 있습니다. 그것 때문에 세 명의 공작이 설전을 벌이고 있는 중이라 알고 있습니다."

"가짜가 분명한데도 우기는 모양이지?"

"암브로시아 공작을 따르는 귀족들이 왕가의 적손 가운데에서 가끔 그런 사례가 있다며 적통 왕자가 맞는다고 주장하고 있습니다."

"흐음! 프로렌스 7세께서는 어떻게 하고 있나?"

"프로렌스 왕국에서도 레오 대공 전하께서 스베인 왕국에 왕가의 펜던트를 가지고 등장한 사실을 알고 있습니다. 단지 그것이 스베인 왕국이 프로렌스 왕국을 뒤집어놓기 위해 꾸민 일이라는 주장이 강하게 대두되어 사정을 알아보고 있는 중이었습니다. 그러다 이런 일이 벌어지니 사신을 파견할 것이라는 것이 제 추측입니다."

"사신이라……. 그럴 수도 있겠군."

레오는 암브로시아 공작이 꾸미고 있는 흉계가 무엇인지 그것이 궁금했다. 전설로 남은 자들이 남긴 무공서를 왕가 몰래 빼돌린 것이 들통 난 상황이니 뭔가를 꾸미고 있을 것은 확실했다. 단지 그 꾸미는 것이 반란인지 아니면 스베인과의 전쟁을 일으키는 것으로 무마하려고 하는 것인지가 중요했다.

'사신이 오고 가는 동안에도 암브로시아 공작의 흉계는 계속될 것이고, 가짜라는 것이 들통 나기 전에 뭔가 일을 저지를 것이다. 그것을 막으려면…….'

레오는 왕궁으로 직접 들어가는 수밖에 없다는 결론을 내렸다. 그게 아니라면 막을 방법이 없었던 것이다.

"이 왕국의 실세들과 그 주변 귀족들, 그리고 검술 실력이 뛰어난 자들에 대한 정보를 빠짐없이 넘겨주게."

"바로 보내드리겠습니다. 저기… 하온데 어떻게 하실 요량이신지 알 수 있겠습니까?"

꽤나 궁금하다는 표정이 얼굴에 드러나 있다. 그러나 자신이 사용할 방법을 알려줄 수는 없었다.

"후후! 그건 차차 알게 될 걸세."

"아, 넵!"

뭔가 비밀스러운 일을 진행하는 데 있어 은밀함을 지키는 것이 유리하다는 정도쯤은 고정 첩자인 그도 익히 알고 있는 일이다. 하여 더는 묻지 못하고 지하 석실에 보관되어 있는 프로렌스 왕국에 대한 정보를 빠짐없이 레오에게 넘겼다.

이프리트 용병단은 프로렌스 왕국에서 제일 강하다는 거대 용병 집단이다. 익스퍼트 최상급의 극의에 이른 용병단장 타이쿤은 언제라도 마스터에 오를 수 있는 자로 차기 용병왕이라는 별칭으로 불릴 정도였다. 휘하에 2천 명이 넘는 용병을 거느리고 있어서 그 세 또한 무시하지 못했다. 그런 이프리트 용병단이 주로 이용하는 주점인 산들바람의 노래라는 곳은 여전히 왁자지껄한 분위기였다.

"흐흐흐! 제시카, 너무한 거 아냐?"

작은 트롤을 연상시키는 거한이 맥주잔을 내려놓는 아담하고 귀여운 스타일의 점원에게 볼멘소리를 했다.

"제가 뭘요?"

"데이트 한번 하자는데 그렇게 빼기만 할 거야?"

"흥! 웃겨, 정말."

콧방귀를 뀌며 입술을 삐죽거리는 제시카는 거한이 마음에 들지 않는지 냉정하게 돌아서 버렸다.

"아놔!"

사내는 홀먼이라는 용병으로 몇 달간 공을 들인 제시카가 자신의 마음을 몰라주는 것 같아 화가 치밀기 시작했다. 비록 생긴 것은 작은 트롤이라고 불릴 정도지만 A급 용병으로 익스퍼트 중급에 이른 실력, 거기에 이프리트 용병단의 간부였다. 한낱 주점의 점원 따위가 무시할 만한 사람은 아니었고, 오히려 제시카가 자신에게 엉겨 붙어야 정상이다. 그런데 여급 따위가 자신을 무시하니 화가 치민 것이다.

벌컥벌컥!

커다란 맥주잔을 거침없이 비운 후 탕 소리가 나도록 테이블 위에 거칠게 내려놓았다.

'지미럴! 두고 보자. 은퇴한 한스 선배의 딸이라고 봐줬더니 보이는 게 없나 본데… 한번 찍어 눌러 버리면 끝이

야, 끝!'

독기 어린 눈으로 계속해서 제시카의 뒤태를 쫓는 그의 머리는 온통 분노와 끓어오르는 욕정으로 가득했다.

"어머! 어서 오세요, 기사님!"

제시카가 입구로 들어서는 사람들을 보고 말했다. 두 명의 기사와 그를 따르는 종자들로 보이는 자들인데 모두 열두 명이다.

"식사도 되나?"

"물론이에요. 머무실 곳이 없으시다면 여관도 같이하는데 어떠세요?"

제시카가 방긋 웃는 얼굴로 기사를 맞이했다. 용병인 홀먼을 대할 때와는 판이하게 다른 모습이다.

'저, 저것이… 으득!'

홀먼은 그런 제시카의 모습에 이를 부드득 갈아붙였다.

"이쪽으로 오세요."

"그러지."

냉막해 보이지만 사내다운 기운을 물씬 풍기는 레오가 역용한 외모는 이를 카리스마적인 모습으로 보이게 만들었다. 거기에 뭔가 모르게 품위가 있는 행동거지는 제시카가 늘 보아오던 용병들과는 너무나도 다른 별세계의 영웅같이 보였다.

"식사를 먼저 하도록 하지. 양고기 스튜와 포트 삶아서 으깬 것을 가져다주게. 달콤한 화이트와인도 한 잔 주고."

"네, 기사님."

제시카가 레오의 주문을 받자 엔드류와 나머지 인원들도 서둘러 주문을 마쳤다.

"잠시만 기다려 주세요."

제시카는 얼른 주방으로 달려가 주문을 넣은 뒤 다시 레오와 그 일행이 있는 곳으로 돌아왔다.

"이걸로 손이라도 닦으세요."

제시카가 들고 온 것은 손을 닦을 수 있도록 물에 적셔온 타월이었다. 종자들로 보이는 자들은 제외한 기사의 갑옷을 입은 레오와 엔드류의 것뿐이지만 용병들에게는 보이지 않던 배려였다.

"센스가 있군. 고마워."

레오는 빙긋 웃어 보이며 말했다. 손을 다 닦은 레오는 가방에서 1실버짜리 동전을 꺼내 제시카에게 내밀었다.

"센스에 대한 답례야, 예쁜 아가씨."

"어, 어머, 가, 감사합니다."

예쁜 아가씨라는 말에 제시카의 얼굴이 붉게 물들었다. 온갖 잡놈들이 모여 있는 용병단이 주로 이용하는 주점에서 점원으로 일하면서 갖은 성희롱에 가까운 말과 손장난에 질려 있는 그녀에게 기사의 부드러운 말은 무한한 상상을 하게 만들었다.

"내가 대륙 곳곳을 누비며 기사행을 하고 있지만 아가씨만큼 예쁜 아가씨는 보기 드물어. 그런 의미에서 나도 참 행운아로군."

"와아! 기사행 중이세요? 너무 멋져요!"

"내가 말이야, 동쪽의 라반 왕국에서 기사행을 할 때인데 말이야."

짝 소리가 나도록 박수를 치며 동경 어린 표정이 되어버린 제시카의 손을 은근슬쩍 잡으며 있지도 않은 영웅담을 늘어놓았다. 그럼에도 제시카는 레오가 잡은 손을 놓지 않고 얼굴을 붉히며 몸을 배배 꼬는 것이 주점 안의 용병들 눈에 살기가 어리게 만들었다.

"…그래서 내가 검을 들고 그 미친 흑마법사를 추격해 들어갔지. 그 악독한 놈이 구울을 비롯해 온갖 마물들을 만들어내며 막았지. 피 튀기는 혈전 끝에 백 구가 넘는 마물을 쓰러뜨려야 했다니. 그 싸움으로 죽기 직전까지 몰렸지만 정의를 지키는 기사인 내가 그런 사악한 자를 어찌 그냥 놔둘 수 있겠나. 이를 악물로 달려들어서 바로 샥 베어버렸다니까. 하하하!"

"와아! 정말 대단하세요. 그 무서운 흑마법사를 무찌르시

다니… 아잉!'

레오의 손이 제시카의 엉덩이를 만지작거렸다. 그럼에도 제시카는 몸을 꼴 뿐 손을 뿌리치지도 엉덩이를 빼지도 않았다.

"거 어떤 개새끼인지는 몰라도 거짓말도 정도껏 해야지. 허섭스레기같이 생긴 놈이 구울이 어쩌고 흑마법사가 어째? 퉤!"

누군가의 걸걸한 음성이 주점 안을 울렸다. 30여 명이 넘는 용병의 시선이 모두 한곳으로 쏠렸는데, 바로 작은 트롤이라고 불리는 홀먼이 앉아 있는 테이블이다.

"쓰바! 뻥을 치려거든 적당히 쳐라, 개잡놈의 새끼야! 너 같은 새끼가 백 구가 넘는 언데드를 쓰러뜨렸다니 지나가는 똥개 새끼가 샤벨타이거를 낳았다고 하지 그러냐?"

"크크크! 좀 살살 하슈, 홀먼 백장!"

"호호! 또 똥개 소리요. 레퍼토리 좀 바꾸쇼."

같은 용병대의 대원들이 하는 농지거리에 더욱 기세를 올리는 홀먼은 자리에서 일어서며 테이블 옆에 놓은 애병의 손잡이를 잡았다.

체구에 걸맞은 거대한 워소드를 집어 든 채 다가오는 홀먼의 모습에 레오의 입가에 조소가 어렸다.

'저 정도면 중급 정도인가? 미크러스라면 충분하겠군.'

엔드류에게는 한참 못 미치는 실력의 소유자였다. 용병의 검술이 실전 검술이기에 정통 검술을 수련한 엔드류라면 초반의 생소함이 문제일 뿐 중반 이후로는 언제든 목을 베어낼 정도의 고만고만한 실력이었다.

하지만 그 시간도 아까운지라 그런 것에 익숙한 미크러스를 선택했다. 미크러스에게는 오랜 용병 생활을 통해 축적한 초반의 생소함을 이겨낼 관록이 있었다.

"미크러스!"

"네, 나리!"

"저 방자한 놈을 꿇려라!"

"명을 받들겠습니다!"

레오의 명령을 받은 미크러스는 특별히 제작된 도를 집어 들었다. 워소드와 비견될 정도로 넓은 면적을 지닌 도신과 한쪽만 날을 세운 형태의 도로 레오에게 배운 도법에 맞춰서 제작된 무기이다.

"이런 개잡놈의 새끼가! 죽여 버리겠다!"

홀먼은 겨우 종자로 보이는 자에게 자신을 처리하라고 하는 레오에게 더욱 분노를 터뜨리며 워소드를 앞세워 돌진해 들어갔다.

"죽엇!"

강력한 바람을 가르는 소리와 함께 워소드가 사선으로 쓸어가며 미크러스를 공격해 들어왔다.

"느려!"

거침없는 검세를 피해내며 옆으로 빠져나가는 미크러스가 레오에게 배운 보법을 밟았다.

"이 새끼가!"

홀먼은 자신의 공세를 가볍게 피해내는 미크러스에게 더욱 화를 내며 광폭하게 검세를 펼쳐 냈다. 이미 그의 검에 어린 마나 소드로 인해 주점 안의 분위기는 살벌해져 있었다.

채앵! 스스승!

미크러스의 도 역시 마나가 어리며 내려치는 워소드를 막아냈다. 그러나 작은 트롤이라는 별명을 지닌 홀먼의 힘에 미크러스는 비스듬히 도를 내리며 그의 검을 흘려보냈다.

'이, 이 새끼, 뭐지?

홀먼은 자신의 실력을 믿고 있었다. 그래서 감히 종자에 불과한 놈에게 자신의 검이 막힌 것이 도저히 믿어지지 않았다.

피릿! 콰직!

검을 흘려내며 잠깐 주춤거리는 사이 미크러스의 신형이 반원을 그렸다. 그리고 그의 발은 그대로 홀먼의 복부에 틀어박혔다.

"크흑!"

강철을 덧댄 부츠를 신고 있는 탓에 일반적인 발차기라고 해도 망치로 후려치는 것 같은 파괴력을 보인다. 거기에 마나를 수련한 자의 발차기라면 내장이 파열되어도 이상할 것이 없었다.

"쿨럭!"

식도를 타고 넘어오는 비릿한 느낌에 홀먼은 무릎을 꿇은 상황에서 검붉은 피를 토해냈다. 그때 미크러스의 도가 홀먼의 목에 대어졌다.

"제압했습니다, 나리!"

미크러스가 묘한 기운을 풍기며 하는 말에 맥스 베인으로 변장하고 있는 레오가 싸늘하게 말했다.

"감히 용병 따위가 기사인 나를 모욕했다. 베어라!"

"명!"

미크러스는 거침없이 도를 쳐들고 움직이지 못하고 연신 피를 게워내는 홀먼의 목을 치려 했다.

"막아!"

"저 새끼들, 조져 버려!"

사방에서 들고 일어난 용병들이 일제히 무기를 집어 들고 홀먼의 목을 베려 하는 미크러스에게 달려들었다.

"감히! 모두 죽여라!"

"명!"

미크러스를 비롯한 종자로 위장한 부하들이 일제히 용병

들을 향해 밀려 나갔다.

"엄마얏!"

제시카는 홀먼이 제압당할 때까지만 해도 그다지 무서워하지 않았다. 그러나 30여 명의 용병과 레오의 부하들이 집단전으로 접어들자 기함을 내질렀다.

"어떡해! 어떡해!"

발을 동동 구르는 제시카를 보며 레오는 빙그레 미소 지었다. 제시카는 주점이 망가지는 것을 두려워하고 있었던 것이다. 그것을 눈치채고 레오는 즉시 소리를 질렀다.

"주점 밖으로 나간다! 이동!"

"명!"

싸우는 와중에도 레오의 명령을 들은 미크러스 등이 용병들을 제치고 하나씩 용병들을 달고 밖으로 나갔다. 그러자 엔드류는 숨을 헐떡이고 있는 홀먼의 뒷덜미를 잡아 들고 주점을 나섰다.

"다, 단장님, 큰일 났습니다!"

호들갑을 떨며 달려오는 부단장을 보며 타이쿤은 혀를 차며 고개를 내저었다. 부단장이기 이전에 아들이기에 놔두었지 그게 아니라면 벌써 내쳐도 백 번은 내쳤을 것이다.

"무슨 일인데 그리 호들갑인 게야?"

사십 줄을 넘어섰으나 최상급의 익스퍼트 끝자락에 이른 실력자답게 삼십대 중반 정도로 보이는 타이쿤이다. 아들과 는 형제라고 해도 믿을 정도로 보였다.

"한스 아저씨네 가게에서 싸움이 붙었는데 단원들이 박살 났답니다."

"뭐야? 한스 형님 가게에서? 누구랑 싸운 거냐?"

"그, 그게 기사들과 싸움이 난 모양입니다."

"기사? 끄응!"

거대 용병단의 단장인 타이쿤이라면 공작가의 기사단장으 로 들어가고도 남을 실력이다. 그러나 용병왕을 노리는 그가 기사에 만족할 리 없었다.

그러니 그가 보기에 기사 나부랭이는 안중에도 없었지만 귀족들이 보기에는 그게 아니었다. 감히 용병 따위가 기사에 게 검을 들이댄 하극상으로 받아들일 것이다.

'어떤 새낀지 내 손에 걸리기만 해봐. 그냥 아주… 아휴!'

타이쿤은 인상을 구기며 사정을 파악하기 위해 물었다.

"어느 기사단의 기사라더냐? 혹 근위기사단은 아니겠지?"

"다행히 그건 아닙니다. 기사행을 하는 타국의 기사라 들 었습니다."

"그래?"

반색하며 타이쿤은 자리를 박차고 일어나 아들에게 말했다.

"타격대를 준비시켜라. 내 직접 가서 그 잡놈들의 모가지를 비틀어 버릴 테니까."

"네? 넵!"

타이쿤의 명령을 받은 아들이 달려 나갔다. 그가 나가는 모습을 보며 타이쿤은 무기를 챙겨 들고 그 뒤를 따라 나갔다.

"오는 모양입니다."

이미 몇몇 용병이 빠져나가는 것을 눈치껏 모른 척해준 레오 일행이다. 멀리서 들려오는 거친 뜀박질 소리로 짐작해 볼때 적어도 200명이 넘는 인원이 몰려오고 있었다.

"준비해!"

"네, 주군!"

레오의 명령에 미크러스와 부하들은 프로렌스 왕국으로 넘어오기 전에 레오에게서 받은 갑옷을 매만졌다. 몇 번 실험을 해보았는데 이보다 더 훌륭한 갑옷은 다시는 없을 거라는 만족감 어린 미소가 그들의 얼굴에 걸렸다.

"네놈이냐?"

일렬로 늘어서 있는 레오와 일행을 노려보며 일갈을 터뜨린 타이쿤은 괄괄한 안광을 터뜨리며 분노한 모습이다.

'이 모습을 보고 화가 안 나면 그것도 이상한 일이지.'

레오는 일부러 홀먼과 때려잡은 용병들을 팬티 차림으로

밧줄에 걸어 거꾸로 매달아놓았다. 치욕적인 모습을 보고 용병단장인 타이쿤이 앞뒤 안 재고 덤벼들기를 바란 것이다.

"가, 감히……! 용서하지 않겠다! 쳐라!"

타이쿤은 이미 타국의 기사행을 하는 이들이라는 것을 알고 있기에 얼마든지 무마할 수 있다고 여기고 있었다. 거기에 홀먼과 다른 용병단원들의 비참한 모습을 보자 피가 거꾸로 솟았다.

"우와아아!"

200여 명의 용병단원이 흉흉한 기세를 일으키며 일제히 밀려오는 모습은 일견 장관이었다.

"엑시온의 착용을 허가한다! 모두 제압하라!"

"명!"

엔드류가 선창하듯이 대답한 후 곧장 갑옷의 가슴 어름에 손을 가져다 댔다.

"엑시온 착용!"

"엑시온 가동!"

각자 개성에 맞는 구동어를 외치며 똑같은 행동을 보이는 엔드류 등의 모습이 순식간에 변화를 일으키기 시작했다.

우웅~ 찰칵! 찰칵!

밝은 빛 무리를 토해내며 잠깐 모습을 감춘 레오와 부하들이 있는 곳에서 기이한 소성이 터져 나왔다. 그리고 빛 무리가 잦아들고 난 후 그들은 순식간에 검은색 일체형 갑옷을 입은 모습으로 변해 있었다.

'후후! 좋은데?'

흑마법사들의 힘으로 개량된 엑시온은 마법사들의 마기온을 기사에 맞게 변형시킨 마갑주였다. 마력의 증폭과 방어력에 치중된 마기온과는 다르게 힘의 증가와 민첩성 향상에 주안점을 두고 만들어졌다. 물론 방어력은 마기온과 비등할 정도로 강력했다.

"뭐, 뭐냐?"

"저게 뭐지?"

기세 좋게 달려들던 용병들을 멈칫하게 만드는 엑시온의 등장에 타이쿤도 당황했다. 그러나 그깟 갑옷이야 마나가 실린 칼질이면 충분히 베어낼 자신이 있었다.

"쳐라! 그래봤자 갑옷에 불과하다!"

"와아아아아!"

타이쿤의 외침에 다시 힘을 얻은 용병들이 재차 거칠게 달려들었다.

─적당히들 해라. 왕성수비대에서 나올 때까지 놈들이 버티고 있어야 하니까.

─흐흐흐! 맡겨두십시오, 주군.

미크러스는 엑시온이 전해주는 힘 때문인지 더욱 여유가

넘치는 모습이다.

"시작하지."

레오가 먼저 앞으로 치고 나가며 맹렬하게 달려오고 있는
타이쿤을 향해 쇄도해 들어갔다.

Chapter **05**
첫 대면

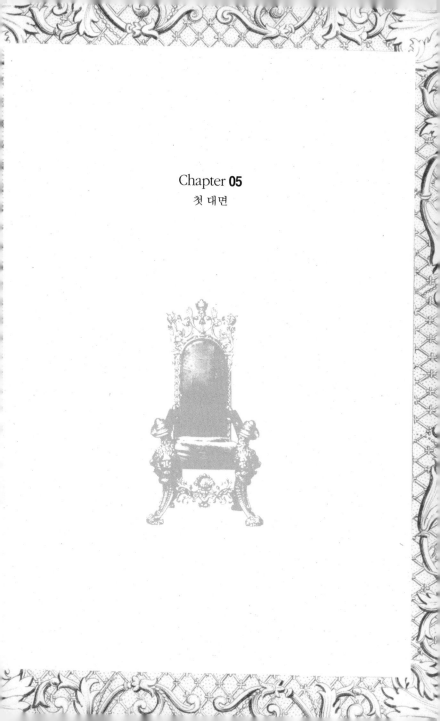

　이백 명이 넘는 용병과 열두 명의 기사가 대결을 펼치는 주점 앞 광장은 수많은 사람들이 숨을 죽이며 지켜보는 가운데 살벌한 격전장이 되어버렸다.

　"죽엇!"

　"받아라!"

　용병들은 기사들을 상대로 주로 모닝스타나 워액스 같은 중병기를 들고 맞섰다. 갑옷을 베어낼 마나를 사용하기 전에는 중병기만이 기사들에게 타격을 줄 수 있었다.

　"크크큭! 가소로운 놈들!"

미크러스는 참마도 형태의 기병을 들고 광폭하게 용병들을 후려치기 시작했다.

익스퍼트 중급에 들어선 그의 움직임은 엑시온 덕분인지 상급의 기사가 움직이는 것보다 훨씬 더 빠르고 강한 힘을 발휘했다. 그것은 나머지 용병 출신 부하들도 마찬가지였는데 죄다 상급에 준하는 익스퍼트의 역량을 보여주었다.

─최대한 도법을 감추고 기본기로 상대하도록.

혹시라도 스베인 왕국에서 싸우던 모습이 노출될 수도 있기에 명령을 내렸다. 이미 힘과 민첩이 올라간 상태이기에 그정도만 해도 충분하리라는 판단에서였다.

─염려 마십시오.

엔드류는 순식간에 두 명의 용병을 기본 검술로 제압하며 성난 사자처럼 날뛰었다. 그런 엔드류를 잡기 위해 타이쿤이 마나 소드를 길게 만들어내며 달려들었다.

─이런!

레오는 엔드류가 타이쿤을 상대하기 위해서는 검술을 선보이는 수밖에 없을 것이기에 보법을 극성으로 펼쳤다.

"네놈의 상대는 나다!"

레오가 강렬한 외침을 토하며 타이쿤의 검세를 중간에서 막아섰다.

"이놈이!"

타이쿤은 자신의 검세를 막아낸 레오에게 분기를 터뜨렸다. 낭창낭창 휘어지듯이 꿈틀거리는 검사를 만들어내며 강력한 패검식으로 휘몰아쳐 오는 그의 공격에 레오는 약 올리듯이 보법으로만 피해내며 시간을 끌었다.

"이, 이… 쥐새끼 같은 놈이……!"

일명 북부식 용병 검술은 거칠고 파괴적인 패검술이다. 실전에서도 기사를 상대로 할 수 있는 몇 안 되는 용병 검술로 24초식의 연환식이 압권이었다.

후앙! 쎄에에엑!

아래에서 쳐올리듯이 공격하다 레오가 옆으로 피하자 회전하며 더욱 힘을 증폭시켜 사선으로 후려갈겼다. 그럴 때마다 검이 두 배는 더 커진 것 같은 착각을 불러일으키는 패검식이 연속으로 레오를 쪼갤 듯이 이루어졌다.

"그 정도밖에 못하나? 그래 가지고 쥐새끼를 잡을 수 있겠어?"

레오는 타이쿤을 약 올리며 그의 공격을 피해 다른 용병단원들을 쓰러뜨렸다.

퍼억! 파파팟!

동에 번쩍, 서에 번쩍하며 일수에 두세 명의 용병단원을 쓰러뜨리자 어느새 레오의 주위에는 두 사람만이 서 있었다.

"크륵!"

너무도 분이 넘치는지 인간이 내는 소리가 아닌 야수가 낼 소리를 입 밖으로 토해내는 타이쿤은 수비를 도외시하고 오직 공세 일변도의 패검식을 퍼부었다.

"네놈을 갈가리 찢어 죽이지 않으면 타이쿤이 아니다! 으아아아아!"

괴성을 지르며 모든 마나를 담아 베고 쳐올렸다. 그러자 레오는 그 공세를 살짝 옆으로 움직이며 피한 후 양손에 들고 있는 롱소드로 타이쿤의 허리를 검면으로 후려 갈겼다.

"으득!"

갑옷에 맞아 그리 큰 타격을 주지는 못했지만 그것이 자신을 약 올리기 위해서라는 것을 느낀 타이쿤은 더욱더 광폭하게 날뛰었다.

'슬슬 오는군.'

레오는 기감을 통해서 왕성수비군의 움직임을 파악하고 있었다. 이미 타이쿤이 이끌고 온 용병단은 엔드류 등에 의해 궤멸되어 가는 중이었다. 무적에 가까운 방호력을 자랑하는 엑시온 덕분에 상처조차 입지 않은 그들은 어느새 마지막 적을 제압하고 레오의 움직임을 보고 있었다.

"멈춰라!"

광장을 포위하듯이 밀려오고 있는 왕성수비대의 기사들이 이구동성으로 외쳤다. 그러자 그제야 정신을 차린 타이쿤이 검을 멈추고 주위를 둘러보았다.

'이, 이럴 수가……!'

200의 타격대가 모두 쓰러져 신음을 흘리고 있었다. 그들 중에는 30여 명에 이르는 익스퍼트급 용병이 포함되어 있기에 그 충격은 더욱 클 수밖에 없었다.

'내 불찰이다. 저자는 내가 상대할 수 없는 실력자이거늘…….'

분노로 인해서 미친 듯이 칼질만 한 결과가 부하들의 괴멸이었다. 비록 죽은 자는 없어 보이지만 왕성에서 칼부림을 했으니 쉽게 덮을 수는 없을 것이다.

"나는 왕성수비군의 부사령관 페드로 자작이다! 네놈들은 무슨 일로 이 난동을 부리는 것인가?"

페드로 자작의 일갈에 레오는 엑시온을 해제시켰다.

우웅! 스스슷!

엑시온이 해제되고 원래의 검은 하프플레이트 메일로 변하자 냉막한 인상의 맥스 베인의 모습이 드러났다.

"나는 맥스 베인으로 대륙을 돌며 기사행을 하는 기사요. 한데 용병 따위가 기사인 나를 공격하기에 그에 대해 징치하는 중이오. 하니 자작님께서는 잠시 기다려 주시기를 청하오."

"호오, 그런가?"

페드로 자작은 맥스 베인이라고 자신을 밝힌 레오가 기사행 중이라는 것에 호기심을 드러냈다. 수많은 기사들이 있지만 요즘은 기사행을 하는 이들이 극히 줄어든 상황이다.

'아니, 저자는?'

페드로 자작의 맥스 베인에 대한 호기심이 타이쿤에게로 옮겨갔다. 익스퍼트 최상급의 실력자로 알려진 타이쿤이 씩씩거리며 레오를 노려보고 있었기 때문이다.

'나도 감히 상대할 수 없는 실력자가 저 타이쿤이라는 자이거늘… 상황을 살펴보자면 저 맥스 베인이라는 기사 역시 그와 최소 동급이라는 소린가?'

페드로 자작은 두 사람의 싸움을 잠시 지켜보기로 작정하고 레오를 향해 말했다.

"기사도를 무시하는 용병을 징치한다고 하니 내 잠시 시간을 주겠소. 하지만 싸움이 끝나면 이번 사건에 대한 조사를 받아야 할 것이오."

"후후! 그렇게 하겠소."

레오는 대답을 마치고 다시 신형을 틀었다. 그리고 이성을 되찾은 타이쿤을 보며 말했다.

"다시 시작해 보지."

"으득! 내 목숨을 걸고 네놈만은 죽여주마!"

타이쿤이 씹어 뱉듯이 말하자 레오는 피식 웃으며 롱소드를 쥔 오른손을 들어 손가락을 까닥거렸다.

"오라!"

레오의 건방진 모습에 타이쿤은 다시 검사를 일으켰다. 푸른 마나로 이루어진 검사가 줄기줄기 일어나자 양손으로 검을 움켜잡은 타이쿤이 왼발을 서서히 앞으로 내밀었다.

"훗! 그 정도로는 어림없지."

레오는 조소를 머금으며 양손에 든 롱소드에 마나를 불어넣었다.

후웅! 우우우웅!

마나가 공명을 일으키며 롱소드에서 푸른 오러가 뿜어져 나오기 시작했다.

"마, 마스터!"

"헉! 마스터다!"

페드로 자작은 1미터가 약간 안 되게 일어나는 오러를 보며 경악성을 터뜨렸다. 저 정도면 중급 마스터의 실력이었다. 검술은 어떤지 모르지만 일인군단이라고 칭해지는 마스터이니 보지 않아도 대단할 것임을 추측할 수 있었다.

"으으……."

자신을 가지고 놀 때부터 실력이 윗줄이라는 것은 알 수 있었다. 그러나 중급의 마스터일 줄은 미처 몰랐던 타이쿤이다. 하지만 이제 와서 물러설 수도 없는 노릇이었다.

'같이 죽는다. 마스터를 죽이고 죽는다면… 그것도 나름 영광스런 죽음일 터!'

북부 용병 검술 마지막 검식을 펼칠 생각으로 모든 마나를 검에 집중시켰다.

징! 징! 징!

곧 폭발이라도 할 것처럼 검이 울어댔다. 마지막 남아 있는 마나 로드의 마나를 쥐어짜 내 다리에 모은 타이쿤은 그대로 디딤 발에 몰아넣으며 앞으로 튀어나갔다.

"소드브레이크!"

검을 폭발시켜 상대와 같이 동귀어진하는 검식이다. 아무리 마스터라고 해도 바로 앞에서 폭발하는 소드브레이크에는 당할 수밖에 없을 것이다.

"저, 저……."

페드로 자작은 마스터와 동귀어진의 수법으로 동반 죽음을 택한 타이쿤을 손가락질하며 허둥거렸다.

'용기는 가상하다만!'

레오는 타이쿤을 죽일 마음이 없었다. 하여 역천마신공을 극성으로 운용하여 검을 뻗어냈다. 폭발하기 직전 롱소드에서 뻗어 나간 푸른 선이 타이쿤의 검을 쳐올렸다. 그리고 그의 마나가 흐르는 길을 오러로 교란시키며 소드브레이크를 끊어버릴 수 있었다.

파앙!

그리고 그대로 이어지는 발차기가 물러서는 타이쿤의 복부에 가해졌다.

"감히 동귀어진을 하려 하다니! 용서할 수 없는 놈이로구나!"

퍽! 퍼퍽! 콰앙!

순식간에 이루어지는 주먹질과 발차기가 타이쿤의 전신에 가해졌다. 눈으로 좇기 어려운 속도에 사람들은 들리는 소리로 몇 대 정도 맞았는지 추측할 뿐이다.

"끄르륵!"

삼십대가 넘는 매질 끝에 레오가 손을 멈추자 비틀거리면서도 꿋꿋하게 버티던 타이쿤의 몸이 뒤로 넘어가듯이 쓰러져 내렸다.

"고생하셨습니다, 나리!"

미크러스가 달려와 레오의 옆에 서며 말했다. 그러나 엔드류와 남은 일행도 옆에 도열하며 페드로 자작을 쳐다보았다.

"징치는 이 정도면 됐을 것 같소. 그래, 다음은 무엇을 해야 하는 것이요?"

레오가 묻자 페드로 자작은 생각에서 빠져나와 얼른 부하들에게 명령을 하달했다.

"저 무뢰배 놈들을 모두 잡아들여라!"

"충!"

왕성수비군은 바닥에 쓰러져 있는 용병들에게 달려들었다. 이미 곤죽이 되도록 얻어맞은 자들이기에 줍는 일이 전부였다.

"페드로 자작이오. 맥스 베인 경이라고 한 것 같은데, 어느 왕국 출신이요?"

"비록 지금은 사라졌지만 동부 왕국인 하이론 왕국 출신이오."

"아! 하이론 왕국! 일단 경과 일행은 나와 같이 가줘야겠소. 보아하니 죽은 자는 없어 보이지만 폭력 행위에 대한 조사는 받아야 할 것이오."

"그렇게 하지요."

레오가 순순히 나오자 페드로는 내심 안도의 숨을 몰아쉬었다. 마스터는 어느 왕국을 가더라도 백작 이상의 작위를 하사 받는 존재이다. 그런 마스터에게 죄를 묻는다는 것은 어불성설이다.

프로렌스 7세는 턱을 손으로 괸 채 깊은 사색에 빠져 있었다. 정보대에서 전해오는 소식 중에는 암브로시아 공작가가 모반을 일으킬 것 같다는 내용이 있었다. 그리고 그의 일파로 분류되는 이게인 후작이 어릴 적 실종되었던 아들이라고 하는 자를 데리고 왕궁에 들어왔다.

신분을 증명할 수 있는 펜던트의 진위 여부를 놓고 암브로시아 공작가와 그 가문을 따르는 귀족들이 거세게 공세를 퍼붓고 있는 탓에 여간 골치 아픈 것이 아니었다.

똑똑!

노크 소리에 상념에서 빠져나온 프로렌스 7세는 문 앞에 서 있는 근위기사에게 고갯짓을 했다.

"전하, 왕성수비대 사령관인 행거 백작이 뵙기를 청하고 있사옵니다."

"행거 백작이? 들라 하라!"

"명을 받드옵니다."

시종장이 나가고 곧장 갑주를 걸친 행거 백작이 들어섰다. 기골이 장대한 무장 출신으로 왕가에 대한 충성심이 강한 행거 백작의 모습에 프로렌스 7세의 입가에 미소가 살짝 걸렸다.

"국왕 전하를 뵈옵니다!"

기사의 예를 취하는 백작에게 국왕이 손을 들어 올리며 말했다.

"편히 하라."

"감사하옵니다."

"그래, 경이 어쩐 일인가?"

프로렌스 7세의 물음에 행거 백작이 목소리를 낮추며 빠르게 보고를 올렸다.

"왕도에 마스터가 등장했사옵니다."

"뭐라? 마스터가? 그래, 어디의 누구라고 하던가?"

국왕의 물음에 행거 백작은 보고가 들어온 맥스 베인, 바로 레오가 변장한 인물에 대한 정보를 그대로 전달했다.

"…정보대의 말로는 멸망한 하이론 왕국을 떠나 대륙을 방랑하는 기사가 맞는다고 하옵니다."

"호오! 하이론 왕국 출신이라……. 그렇다면 우리 왕국에 충성을 할 수도 있다는 말이 아닌가?"

"그렇게 사료되옵니다. 그래서 이렇게 달려온 것이옵니다."

프로렌스 7세는 사건의 정황을 모두 복기하듯이 머릿속에 그려본 후 고개를 끄덕였다.

"그는 어디에 있는가?"

"마스터인지라 왕성수비대의 접객청에 모셔두었나이다."

"잘했소. 마스터는 존중을 받아 마땅한 존재. 그런 이에게 실수하여 왕국 전력이 될 수 있는 자를 놓쳐서는 안 되지."

"하오면 어떻게 조치를 취했으면 좋겠사옵니까?"

"흠, 일단 근위기사단장과 함께 가서 그자의 실력과 성품을 알아보도록 하라. 그런 연후에 쓸 만한 자라면 내 친히 그

자를 만나 회유해 볼 것이다."

"영명하신 판단이시옵니다. 명을 받들겠사옵니다, 전하!"

"물러가도록 하라."

행거 백작은 다시 기사의 예를 취한 후 빠르게 왕의 집무실을 빠져나왔다. 그리고 그가 간 곳은 왕실기사단의 본부가 있는 왕궁의 동쪽 건물이었다.

"만나서 반갑네. 근위기사단장인 버나드 후작일세."

마흔을 갓 넘어 보이고 키가 180㎝ 정도의 기사가 악수를 청했다. 마스터임이 분명해 보이는 자가 마흔을 갓 넘어 보인다는 것은 서서히 저물어가는 마스터라는 뜻이다.

"맥스 베인입니다, 후작 각하."

레오가 정중하게 인사를 건네자 버나드 후작의 입가에 묘한 미소가 번졌다. 마스터라고 들었는데 상당히 몸가짐이 바른 자로 보인 까닭이다.

"행거 백작에게 들으니 마스터라고 하던데, 마스터의 경지에는 언제 올랐나?"

"2년 정도 됐습니다."

"2년이라……. 하이론 왕국이 망한 지 올해로 5년이니 뼈를 깎는 수련을 한 모양일세."

망국의 한을 풀기 위해서 수련을 열심히 했는가 하는 물음이다. 그 물음에 레오는 한숨을 길게 내쉬며 고개를 가로저었다.

"하아! 비록 제가 태어난 나라이지만 하이론은 망해도 싼 나라였습니다. 귀족들의 수탈이 극에 달하고 왕가는 무능하여 백성을 버렸으니 말입니다."

"그, 그런가?"

하이론이 멸망한 이유에 대해서 잘 알지는 못해도 어느 정도 알려진 사실이 있었다. 무능한 왕가와 탐욕스런 귀족들의 득세로 농민 반란이 끊임없이 일어났던 나라. 그런 까닭에 타국의 침입에 채 반년도 버티지 못하고 스스로 자멸해 버린 나라였다.

"저를 비롯한 수많은 기사들이 나라를 등진 탓에 무너졌습니다. 그리고 저와 그 기사들은 그것을 결코 후회하지 않습니다."

"으음, 기사도를 저버리고자 하는가?"

"그건 아닙니다. 기사행으로 힘없는 대륙의 백성에게 충성함으로써 왕에 대한 충성을 저버린 것을 대신하고자 합니다."

"허허, 백성의 기사라는 건가?"

"후후후! 그게 그렇게 되는 겁니까?"

"경의 말대로라면 그렇지 않나."

후작의 말에 레오는 빙긋 웃고 말았다. 그러자 후작은 작게나마 고개를 끄덕인 후 행거 백작에게 물었다.

"일행이 있다고?"

"그렇습니다, 각하."

"그들을 연무장으로 데리고 오게. 하이론 왕국의 검술이 현묘하기 이를 데 없다는 소문이니 그 검술을 한번 견식해 보세나."

"바로 조치하겠습니다."

행거 백작이 나가자 후작은 멀뚱하게 서 있는 레오에게 넌지시 말을 건넸다.

"하이론의 검을 보여줄 수 있겠나? 내 무리한 부탁을 해서 미안하네."

"하하! 기사는 결코 물러서는 법이 없어야 한다고 배웠습니다. 제 스승께서 남기신 유훈이니 따를 뿐입니다."

레오가 당당하게 말하자 버나드 후작은 흡족하게 웃으며 레오를 연무장으로 안내했다.

"들어라!"

버나드 후작은 근위기사단의 연무장 단상 위에 올라 우렁찬 외침을 토했다. 그러자 검술을 수련하고 있던 기사들이 일제히 행동을 멈추고 시선을 그에게로 모았다.

"누구지?"

"그러게. 처음 보는 자인데 말이야."

근위기사들은 외부인의 출입이 통제되어 있는 근위기사단의 연무장에 등장한 레오와 그 일행을 보고 수군거렸다.

"조용! 내 옆에 있는 맥스 베인 경은 하이론 출신의 자유기사이다! 그러나 마스터에 오른 검호이니 모두 행동에 유의해야 할 것이다! 알겠나?"

"네, 명심하겠습니다!"

근위기사들은 마스터라는 말에 눈에 뭔가 알 수 없는 기이한 빛을 끌어내고 있었다. 마스터에 대한 동경과 그런 그와 검을 겨루고 싶다는 불타는 호승심이 결합된 그런 빛이었다.

"베인 경!"

"네, 후작 각하."

"내 무리한 부탁 하나 해도 되겠나?"

"무리한 부탁이라니 어떤 부탁인데 그러십니까?"

"하하하! 다른 게 아니고 우리 기사단원들에게 마스터의 검술을 견식시켜 주었으면 하네. 그런 의미에서 한번 겨뤄봤으면 하는데……."

지나가는 투로 말하지만 그 말이 끝나갈 무렵에는 강한 호승심이 후작에게서 뿜어져 나왔다. 마스터에 이른 검사이기에 다른 마스터와의 대련에 목말라 있을 것은 레오도 짐작할 수 있었다.

"후후후! 원하던 바입니다."

레오가 마주 투기를 발산하며 대답하자 버나드 후작은 호탕하게 웃으며 말했다.

"하하하! 좋네! 아주 좋아! 모두 두 눈을 씻고 관전해야 할 것이다! 알겠나?"

"충!"

근위기사들은 마스터 간의 대련이라는 말에 두 눈을 부릅뜨고 대답했다. 지고한 경지에 이른 검사들의 대결을 볼 수 있다는 것 자체만으로도 그들에게는 크나큰 영광이라고 할 것이다.

스릇! 스르릉!

버나드 후작과 레오는 서로 검을 뽑아 들고 십여 걸음의 간격을 두고 마주 섰다. 마스터에 이른 그들에게 그 정도는 0.1초도 걸리지 않고 치고 들어갈 수 있는 거리이기에 기사들은 눈도 깜빡이지 못하고 지켜보았다.

"호오! 쌍검술이라……. 재미있겠구만."

버나드 후작은 레오가 두 자루의 롱소드를 들고 있는 것에 이채를 발했다. 동부의 하이론은 지금은 사라졌지만 한때는 기사들의 나라라고 불릴 정도로 강력한 기사들을 많이 배출한 곳이다. 그곳의 검술을 이은 자이니 녹록한 솜씨는 아닐 거라 생각했다.

"오게!"

"후후! 그럼 먼저 가겠습니다. 타앗!"

기합성과 함께 레오의 신형이 득달같이 버나드 후작을 향해 쇄도해 들어갔다. 순식간에 거리를 좁혀 들어간 레오의 검이 십여 개의 환영을 만들어내며 베어 내렸다.

'특이하다!'

버나드 후작은 중검과 패검 일변도의 검술이 판치는 곳에서 보던 검술과는 판이하게 다른 레오의 공격에 재미있다는 감정을 느꼈다.

"강격!"

일단 어떻게 대처하는지 보기 위해서 십여 개의 환검식 가운데 하나를 강하게 받아쳤다. 눈으로 보이는 것이 아닌 감각에 잡히는 것을 자연스럽게 후려친 것이다.

'응! 느낌이 없어?'

분명 쳐내는 느낌이 있어야 했다. 그러나 허공을 가르고 지나가는 것처럼 아무런 느낌도 전해오지 않았다.

"차앗!"

순식간에 시야에서 사라지는 레오가 재차 공격을 펼쳐 냈다. 오싹한 기분에 버나드 후작은 신형을 옆으로 이동시켰다. 마스터에 이른 자가 아니었다면 그대로 목이 달아났을 검세였다.

"어림없네! 흐앗!"

버나드 후작은 모든 마나를 극성으로 끌어 올리며 물러섰던 것을 역으로 빠르게 치고 들어가며 찌르기를 시전했다. 순식간에 부풀어 오른 그의 검이 공기를 찢어발기며 쇄도해 들었다.

채앵! 채채챙!

그때부터 터져 나오기 시작하는 검과 검이 부딪치는 소음이 연무장을 가득 메웠다. 레오가 펼치는 쌍검술은 기기묘묘한 움직임을 보이며 버나드 후작을 노렸고, 반대로 후작은 강력한 힘을 바탕으로 하는 중검술로 일격필살의 검세를 펼쳐냈다.

"우와! 저렇게도 공격할 수 있다니……!"

"이거 이러다 후작 각하께서 지는 거 아니야?"

"무슨 소리! 오러를 끌어 올리지 않고 대련하는 거라서 그런 거라고. 오러를 이용해서 겨루면 반대로 됐을걸."

오러가 없이 싸우는 것이기에 검술의 현묘함에서 승부가 갈릴 가능성이 컸다. 만약 오러가 실린다면 힘에 의해서 현묘함이 빛을 잃을 수도 있었다.

"오러를 사용해서 겨루시지요."

"그래도 되겠나?"

이미 움직임만으로도 레오가 마스터라는 것을 알 수 있었다. 그게 아니라면 저렇게 빠르고 기기묘묘한 움직임을 보일 수는 없었다.

"그럼 가네!"

"저 역시!"

후웅! 지징! 지이이잉!

두 사람의 검에서 동시에 오러가 뿜어져 나왔다. 버나드 후작의 오러가 1.2m 정도로 약간 더 길었지만 레오는 양손에 검을 들고 있었기에 누가 우세하다고 할 수는 없었다.

후앙! 후우웅!

오러가 실리자 휘둘러지는 검세에 의해 공기가 갈라지는 소리가 판이하게 달라졌다. 이글이글 타오르는 오러의 불길에 의해서 주위의 공기가 빨려들어 갔다.

"이크! 뒤로 물러서!"

"혹시 모르니 방패를 사용하도록!"

기사들은 두 사람의 대련이 이루어지며 생성된 오러의 여파에 뒤로 계속해서 물러나야 했다. 30미터 정도를 물러서고 나서야 오러가 부서지며 만들어지는 후폭풍에서 안전할 수 있었다.

"좋구나! 좋아!"

버나드 후작은 자신의 강격을 여유롭게 받아 넘기는 레오의 검술에 한껏 매료되었다. 힘에서는 약간 밀릴지도 모르지만 그것을 여유롭게 흘려내며 빈틈을 파고드는 독사처럼 영활한 레오의 검술에 반한 것이다.

"마지막이다! 소드 허리케인!"

고오오오! 콰콰콰콰쾅!

버나드 후작의 신형이 번개처럼 휘돌며 힘을 모았다. 그리고 오러가 폭풍 치듯이 휘돌더니 그대로 레오를 향해서 밀려들었다.

'재미있는 검술이로군.'

레오는 시야를 혼동시키며 밀려드는 버나드 후작의 검술에 입꼬리를 살짝 말아 올리며 양손을 빠르게 교차시켰다가 베어냈다. 십자로 교차하며 뿌려지는 오러가 두 개의 반월을 만들어내며 버나드 후작이 만든 폭풍과 충돌했다.

콰지지지지직!

오러와 오러가 충돌하며 만들어내는 엄청난 충격파가 근위기사단의 연무장을 거칠게 휩쓸어갔다.

"으윗! 피, 피해라!"

"이크크!"

기사들은 30미터 밖까지 충격파가 밀려들자 부리나케 뒤로 물러서며 방패에 마나를 불어넣었다. 그러는 사이 두 사람의 대결은 마무리가 지어졌는지 눈을 시리게 만들었던 오러가 씻은 듯이 사라져 있었다.

"누, 누가 이긴 거지?"

"나도 모르지. 정말 누가 이긴 거야?"

버나드 후작은 상당히 낭패한 모습이 되어 있었다. 단정하게 빗어 넘긴 머리카락은 산발이 되어 삐쭉삐쭉 뻗어 나왔고 갑옷 곳곳에 생채기가 나 고물이라고 불러야 할 정도가 되어 있었다.

"허허, 내가 졌다는 말인가."

버나드 후작의 입에서 흘러나오는 허탈하기까지 한 음성에 기사들의 눈이 치떠졌다. 마스터 중급을 넘어서서 상급을 바라보는 경지의 기사가 버나드 후작이다. 그런 그가 이제 삼십대 초반으로 보이는 레오에게 패했다는 말이다.

"제가 운이 좋았습니다."

겸손하게 고개를 숙이며 말하는 레오는 어느새 검을 납검하고는 마나를 갈무리했다. 얼굴이 약간 하얗게 변한 것 외에는 아무런 변화가 없는 모습이기에 그가 승리했음을 알 수 있었다.

짝짝짝짝!

난데없는 박수 소리에 기사들의 시선이 그곳으로 쏠렸다.

"국왕 전하를 뵈옵니다!"

"국왕 전하를……."

근위기사들이 오른쪽 무릎을 꿇으며 경의를 표하자 박수를 치며 다가오던 프로렌스 7세가 손을 들어 올렸다.

"모두 일어나도록!"

"충!"

기사들이 일어서자 로열가드의 호위를 받으며 국왕이 다가섰다.

"프로렌스 왕국의 지존이신 프로렌스 7세 전하를 뵈옵니다."

레오가 오른 주먹을 심장에 가져다 대며 인사를 올렸다. 언뜻 보면 상당히 무덤덤한 인사라고 할 수 있을 정도의 예의였다.

'저분인가, 나의 아버지가.'

고개를 숙이고 있는 레오의 눈에 호기심과 기묘한 감정 같은 것이 스쳐 지나가고 있었다. 그러나 태어난 이래 한 번도 보지 못한 아버지이기에 그 이상의 감정은 일어나지 않았다.

Chapter 06
동생을 지켜라!

　사십대를 넘어선 중년인은 레오의 모습과 거의 흡사했다. 지금의 맥스 베인으로 분장한 모습이 아닌 원래의 모습을 말함이다. 레오 자신이 늙는다면 저런 모습이 되어 있을 거라는 생각이 들 정도로 판박이였다.

　"그대가 맥스 베인 경인가?"

　나직한 음성이지만 힘이 있고 듣는 이의 기분을 좋게 만드는 묘한 기운이 느껴졌다.

　"그러하옵니다."

　"하하하! 내 경과 버나드 후작의 대련을 지켜보았네. 정말 대단하더군. 올해 나이가 어떻게 되는가?"

"올해로 서른아홉이옵니다."

"서른아홉이라……. 대단하도다. 그 나이에 벌써 중급의 마스터인 버나드 후작을 넘어서다니 말이야."

중급의 끝자락인 버나드 후작을 이겼다는 것은 같은 중급이거나 그 이상임을 의미한다. 그러나 나이가 한참 아래인 것을 감안하면 대단한 실력이라고 할 수 있었다.

"과찬이시옵니다."

짧게 대답하는 레오를 보며 프로렌스 7세는 상당히 말을 아끼는 자라는 생각이 들었다. 그러는 한편 이 나라에 정착시키겠다는 자신의 뜻을 거부하는 것은 아닌가 하는 조급증이 일었다.

'암브로시아 공작이 전설의 힘을 얻었음이 분명한 지금 마스터 한 명이라도 더 끌어들여야 하거늘.'

첩자들이 전해온 스베인 왕국의 상황을 보면 파펠본 공작가의 마스터가 십여 명에 이른다는 보고가 있었다. 그럼에도 다른 조사단의 후예들로 이루어진 자들의 공격에 하루 만에 공작성이 무너졌다는 충격적인 보고였다.

'버나드 후작을 비롯한 왕국의 마스터들이 다섯 명이라지만 암브로시아 공작의 마스터가 몇일지 그걸 알 수 없으니…….'

왕가의 안위가 걸린 문제인 만큼 무슨 수를 써서라도 맥스 베인이라는 눈앞의 기사를 이 나라에 주저앉혀야 했다.

"나와 함께 차라도 한잔하는 것이 어떻겠나? 내 긴히 물어볼 말도 있고 하니."

"그리하겠습니다."

레오가 승낙하자 프로렌스 7세는 버나드 후작에게 말했다.

"후작도 같이 갑시다."

"신은 잠시 의관을 정제한 후 가도록 하겠사옵니다. 지금의 모습이… 허흠!"

갑옷 곳곳이 깨지고 금이 가 있는 것을 보면 다른 곳은 보지 않아도 알 수 있었다. 국왕과 차를 마시는 자리에 이런 몰골로 가는 것도 불경이었다.

"하하하! 그렇게 하시오."

"충! 잠시 뒤에 뵙겠사옵니다."

버나드 후작이 서둘러 연무장을 떠나자 프로렌스 7세는 로열가드의 호위를 받으며 레오와 함께 왕궁으로 들어갔다.

'볼수록 대단한 사내다. 어떻게 해야 이 나라에 주저앉힐 수 있단 말인가?'

레오와 이야기가 진행될수록 듬직하다는 느낌을 받았다. 인상과는 다르게 백성을 위하는 마음과 정의를 실천하려는 정의감이 뛰어났다.

다만 왕가에 대한 충성은 약간 의심스럽지만 군왕이 올바른 정치를 한다면 그 누구보다 뛰어난 기사가 되어줄 사내였다.

"그래, 이제 어디로 기사행을 할 생각인가?"

국왕의 물음에 레오는 애초에 정해진 각본대로 이야기했다.

"그저 발길이 움직이는 대로 갈 생각이옵니다. 하오나 기사행을 하면서 들으니 고대의 전설을 이은 자들이 있다는 말이 들려서 그것도 좀 알아볼까 합니다."

"호오! 그대도 고대의 전설에 대해서 알고 있나?"

"물론입니다. 예전에 있었던 그 발굴 조사단의 책임자들이 몰래 빼돌렸다는 것도 들었습니다. 자신의 주군을 속이고 야망에 눈이 먼 자들이 그 긴 시간 동안 세상을 속이고 있었다니… 참으로 놀라울 뿐입니다."

불의한 자들에 대한 강한 적개심을 드러내는 레오의 말에 프로렌스 7세는 반색했다.

"경은 그런 자들을 어찌 생각하는가?"

"후후! 배덕자들에게 어울리지 않는 전설이라고 생각합니다. 그런 자들이 세상에 목을 뻣뻣하게 세운다 생각하니 끓어오르는 분노를 참을 수 없습니다."

"그렇다면 경은 이 나라를 위해서 그 배덕의 무리와 싸울 생각은 없는가?"

"제가 말씀이십니까?"

"그렇소. 이 나라의 암브로시아 공작가도 그 배덕의 무리 중의 하나라 추정되고 있어서 하는 말이오."

"흐음, 그것이……."

말을 끄는 것을 보며 프로렌스 7세는 더욱 조바심을 내며 의자를 앞으로 당겨 앉았다. 한층 더 가까워진 레오를 보며 간절한 눈빛으로 이야기했다.

"이 왕가가 무너지면 그 배덕한 무리의 학정에 몸서리를 앓아야 할 이 나라의 백성들이 걱정이구려. 지금도 암브로시아 공작가의 영지는 백성들의 눈물로 강을 이룬다고 하니 말이오."

과장한 면은 있지만 암브로시아 공작은 반란을 위해서 군사력을 과도하게 증강시키고 있었다. 그 막대한 자금을 대기 위해서 영지민은 죽지 않을 정도의 세금을 내야 했다. 그런 면을 이야기하면서 힘없는 백성들을 생각해 프로렌스 왕국을 위해 일해 달라고 장황하게 늘어놓았다.

"어떻소? 이 나라의 백성을 위해서 경의 힘을 써줄 수는 없겠소? 내 비록 성군이라 할 수는 없지만 백성들을 위해서 피 흘릴 준비는 되어 있다 자부하오."

프로렌스 7세의 눈에 어리는 간절함에 레오는 잠깐 동안 대답하지 않았다.

'이 정도로 애를 태웠으면 되었다.'

자신을 낳아준 아버지이다. 더 이상 애를 태운다는 것은 해서는 안 될 짓 같았다.

"그리하겠습니다. 비록 제가 태어난 나라는 아니라지만 힘없는 백성들을 위해서 검을 들도록 하겠습니다."

"오오! 고맙소. 내 경의 뜻에 어긋나지 않도록 하리다. 정말 고맙소."

프로렌스 7세는 의자에서 일어나 레오의 손을 잡으며 고마워했다. 그리고 마스터로서의 대우에 관한 것 등 이 나라에 정착하기 위한 여러 가지를 이야기했다.

이게인 후작과 함께 왕궁으로 들어와 있는 자는 암브로시아 공작가에서 키운 제레미라는 자였다. 고대의 전설 가운데 홀리스피드의 전설을 이은 암브로시아 공작가에서 배운 무예는 잠입과 암살에 특화되어 있었다.

"하얀 약병에 든 것을 왕자에게 먹이게. 붉은 병에 든 것은 해약일세."

이게인 후작이 건네는 두 개의 작은 약병을 받아 든 제레미는 이것이 무엇이냐는 듯한 눈빛이다.

"악마의 눈물이라는 비약일세."

"악마의 눈물이라면… 설마……."

"그것을 마시게 되면 처음 보는 자를 주인으로 섬기게 되지. 왕자에게 암습을 당해 국왕이 시해되면 싸울 필요도 없이 프로렌스는 공작 각하의 수중에 떨어지게 되는 거지. 왕자가 국왕을 죽이고 난 후 해약을 먹여 원래대로 돌려놓으면 끝나네."

강력한 흑마법에 의해서 탄생한 악마의 눈물은 상대의 이지를 제압하여 자신의 종으로 부릴 수 있게 만들어주는 약이었다. 다만 흑마법에 의해 침습당한 것을 들키게 되면 자칫 신성제국의 추격을 받을 수도 있는 문제라 해약으로 흔적을 지울 생각인 듯했다.

"언제까지 해야 합니까?"

"늦어도 모레까지는 해야 하네. 내일 워프 마법진을 통해서 스베인 왕국으로 사절단이 파견될 것이니 말이야."

스베인 왕국으로 사절단이 파견되면 곧바로 제레미가 들고 온 가짜 펜던트에 대한 것이 알려질 것이다. 정체가 발각되기 전에 프로렌스 왕가를 무너뜨려야 했다.

"크큭! 왕자를 이용한다……. 재미있겠군요."

제레미는 자신의 손에 들린 악마의 눈물이 담긴 병을 쳐다보며 싸늘한 미소를 지었다.

두 개의 달이 중천을 넘어 뉘엿뉘엿 저물어가는 시간, 레오는 가부좌를 틀고 명상을 하다 눈을 떴다.

'움직이는가?'

그가 머무는 곳은 왕궁의 접객청으로 외부 인사들이 머무는 곳이다. 근처에 이게인 후작과 함께 입궁한 제레미가 있어서 일부러 고집한 방이다.

"후후! 이 시간에 어디로 가는 걸까?"

너무나도 은밀한 움직임에 레오는 싸늘한 조소를 머금고 신형을 움직였다.

스슷!

순식간에 모습을 감추는 레오의 신형은 이미 창문을 넘어 바깥으로 나와 있었다. 그리고 신법을 극성으로 전개하여 한 마리 새처럼 왕궁의 벽을 타고 움직였다.

'저기로군.'

온통 검은 옷으로 위장한 적이 벽호공을 사용하여 왕궁의 궁전 사이를 뛰어넘고 있었다. 사이사이 경계를 서고 있는 기사들의 이목을 속일 정도로 뛰어난 신법은 전설을 이은 자들이 아니고서는 도저히 흉내 낼 수 없는 모습이다.

'결정적인 순간에 잡아야 한다. 그게 아니라면 역으로 몰릴 수도 있어.'

레오는 하이드 마법까지 써가며 기척을 완벽하게 지웠다. 어쌔신은 아니지만 그들이 보았다면 지존이라 칭할 만큼 완벽한 은신법이었다.

'자! 어디로 갈 것이냐?'

레오는 제레미의 이동 경로를 따라가며 그가 누구를 노리는 것인지 궁금했다. 동궁 쪽으로 방향을 잡은 것을 보면 다행히 국왕을 노리는 것은 아닌 듯했다.

'하긴 로열가드의 이목을 속이고 접근하기는 힘들겠지.'

로열가드는 전원이 상급 이상의 익스퍼트로 이루어진 특수 기사단이었다. 어쌔신의 기술까지 익힌 자들로 같은 어쌔신 계열의 적을 누구보다 잘 막아낼 자들이었다.

'왕자를 노리는 거였나?'

동궁에는 국왕인 프로렌스 7세의 혈손들이 머물렀다. 그중에서 적이 노릴 만한 자는 배다른 동생인 왕자일 가능성이 농후했다.

파팟! 스스슷!

3층의 커다란 테라스에 도착한 레오는 먼저 안으로 들어간 제레미의 행동을 지켜보았다. 기척도 없이 움직인 제레미는 먼저 왕자의 몸 몇 군데를 툭툭 쳐서 혈도를 제압했다.

"흐흐흐! 이것만 먹이면 상황은 끝난다. 어디……."

제레미는 혈도를 제압하자 답답했는지 중얼거리며 품에서

약병을 꺼내 들었다. 그리고 왕자의 입을 강제로 벌리고 약을 부으려고 했다.

'이런!'

레오는 막아야 한다는 생각에 극성으로 신법을 전개하여 안으로 쇄도해 들어갔다.

"헛!"

제레미는 뭔가 강렬한 기세가 밀려오자 급히 신형을 틀었다. 자신이 들어온 창문 쪽에서 쇄도해 들어오는 은밀하고 강렬한 기세는 어느새 흐릿한 사람의 모습이 되어 다가왔다.

'제길!'

왕자궁에 몰래 들어왔다는 것만으로도 발각되면 사형에 처해질 것이다. 최선을 다해서 암격을 가한 자를 처리하고 물러나야 했다.

피리릿!

홀리스피드, 중원에서는 무영자라고 불린 신투의 보법이 펼쳐졌다. 표홀하고 십여 개의 잔상을 만들어낼 정도로 빠른 보법이었다.

'티엔마르핸드!'

레오는 검술 외에 몽크들이 사용하는 티엔마르의 체술도 익혔다. 천마장법이라는 것으로 파괴적인 힘을 바탕으로 하는 강력한 수법이다. 그의 손이 수십 개의 장영을 만들어내며 빠져나가려 하는 제레미의 전신을 노렸다.

"흡!"

나직한 신음 소리를 내며 제레미의 몸이 휘청거렸다. 십여 개의 장영은 어떻게 피해냈지만 모든 방위를 점거하고 들어오는 수법을 피해내는 것은 지극히 어려운 일이었다.

'쉐도우 핸드!'

복부와 왼팔에 받은 충격은 무시할 수 없는 것이었다. 하지만 이대로 무너질 수도 없는 처지라 자신이 익힌 최대의 체술을 사용했다.

타탁! 파파파팡!

레오는 은밀하게 마법을 펼쳤다. 방 안의 소음이 바깥으로 나가지 않도록 사일런스 마법을 걸어놓았다. 그게 아니라면 벌써 타격음을 듣고 근위기사들이 안으로 들어왔을 것이다.

'내 체술을 막아내?'

제레미는 홀리스피드, 즉 무영자가 남긴 운신법과 장법, 그리고 최고의 살검이라고 할 수 있는 것을 배웠다. 덕분에 암습을 하는 것이라면 이 대륙의 누구라도 죽일 수 있다는 자신감이 있었다.

'반드시 죽인다!'

제레미는 살기를 드러내며 양손에 극성의 마나를 실어 뻗어냈다. 무수한 장영이 방 안을 뒤덮고, 찢고, 가르고, 후리는 공격이 레오를 향해 밀려들었다.

'허상 속에 숨겨진 손이라……'

무수한 공격은 오직 숨겨진 채 공격해 들어오는 한 수를 위한 것임을 레오는 알아챌 수 있었다. 무수한 장영의 허상 속에 숨은 진체가 은밀하게 뻗어왔다.

"으윽!"

기묘하게 손을 뻗어내어 제레미의 완맥을 잡아챈 레오에 의해서 나직한 비명이 터져 나왔다. 그리고 시작된 레오의 손동작은 십여 곳의 혈을 제압한 후에야 멈추었다.

"어, 어떻게……"

제레미는 자신의 수법이 막힐 것이라 생각하지 않았다. 비록 처음에 당한 것은 창망 중에 기습을 당해 그럴 수도 있다고 생각했다.

"후후! 네놈만이 고대의 전설을 이었다고 생각하느냐?"

"그건… 네놈도 유니온의 구성원이라면 왜 나를 공격한 거지?"

입만 열 수 있는 상황인 탓에 제레미는 씹듯이 뱉으며 레오를 타박했다.

'역시 암브로시아 공작의 수하였군.'

암브로시아 공작의 수하가 왕자에게 무슨 일로 온 것인지가 궁금했다. 그렇게 생각하니 처음 들어올 때 제레미가 왕자에게 먹이려고 했던 것이 떠올랐다.

'독약인가? 아니야. 독약이라면 차라리 혈을 막아서 죽이
는 것이 깨끗하다. 사혈을 건드려 죽인다면 아무도 알아내지
못할 자연사일 테니까.'

분명 독약은 아님을 알 수 있었다. 그렇다면 눈앞에 있는
암습자에게 알아내야 한다는 결론이 나왔다.

'훗! 저놈에게 먹여보면 알게 되겠지.'

레오는 단순한 생각으로 제레미가 떨어뜨린 약병을 집어
들었다. 그리고 천천히 그에게 다가가며 말했다.

"왕자에게 먹이려고 한 것을 보면 결코 좋은 것은 아닐 거
라 생각한다. 고로… 네놈이 먹어줘야겠다."

"아, 안 돼!"

제레미는 약병에 든 물약을 절대 먹어서는 안 된다는 생각
에 비명을 질렀다. 그러나 레오의 손은 거침이 없었고, 굳게
다물어진 제레미의 입을 강제로 벌린 후 약물을 부었다.

"우읍… 우프… 끄윽……."

결국 모든 물약을 마시게 된 제레미는 이제라도 자살을 할
생각으로 혀를 깨물려고 했다. 그러나 그마저도 레오에 의해
서 막히고 말았다.

"으으……."

점점 앓는 듯한 신음 소리를 흘리며 제레미의 눈이 멍하니

풀려가기 시작했다.

'어라? 이건 뭐지?'

레오는 제레미의 반응이 심상치 않은 것에 눈에 이채를 발하며 지켜보았다. 그러다 어느 순간이 지나자 제레미가 눈을 떴고, 눈이 마주치게 되었다.

"으으, 주인님이십니까?"

주인님이라는 말에 레오는 물약의 정체를 파악할 수 있었다. 흑마법사이던 할아버지의 영향으로 흑마법에 대해서 파악하고 있기에 가능했다.

"그래, 내가 너의 주인이다. 넌 왜 왕자에게 암습을 가하려고 했지?"

"이게인 후작님이 물약을 주면서… 내일 왕자를 이용해 국왕을 암습하도록 하려고 했습니다."

제레미의 말을 모두 들은 레오는 이게인 후작이 내린 명령을 바탕으로 암브로시아 공작이 획책하고 있는 것을 추론할 수 있었다.

'국왕이 죽고 왕자가 흉수가 된다면… 암브로시아 공작은 반란군이 아닌 근왕군의 자격으로 폐륜아인 왕자를 공격할 수 있게 되겠지. 그다음은 왕성을 장악하고 스스로 국왕의 자리에 오를 수 있을 테고.'

단순하면서도 확실한 방법을 사용하려고 한 암브로시아

공작의 계책에 레오는 고개를 저어야 했다. 그가 지닌 강력한 힘을 바탕으로 무작정 반란을 일으키는 것보다 훨씬 수월하게 이 나라를 장악할 수 있는 방법이었다.

'어떻게 한다? 이 상황을 이용해서 한 번에 뒤집을 수 있을 것도 같은데…….'

레오는 암브로시아 공작의 반란을 역으로 뒤집을 방법을 모색했다. 한참을 생각하자 한 가지 재미있는 생각이 떠올랐다.

그리고 그것을 위해서는 한 사람의 도움이 필요하다는 것에 씨익 미소를 지으며 제레미를 제압해 둔 상태 그대로 방안에서 사라져 갔다.

[일어나십시오, 국왕 전하! 일어나십시오!]

프로렌스 7세는 누군가가 자신을 부르는 소리에 잠에서 깨어났다. 꿈속에서 부르는 듯한 그 음성은 새로이 받아들인 마스터인 맥스 베인의 목소리와 흡사했다. 그러나 그가 국왕인 자신의 침실에 들어올 수는 없는 노릇이라 그것이 이상했다.

"으음, 누군가?"

[국왕 전하, 일어나십시오. 그리고 일어나셨다면 창가로 잠시만 오셨으면 합니다. 제가 보이지 않겠지만 목소리만 보내는 저만의 기술이니 놀라지 마십시오. 부탁드리겠습니다.]

"창가로? 이게 무슨 영문인지는 모르겠지만… 알았다."

프로렌스 7세는 곤히 잠들어 있는 왕비가 깨지 않도록 조심하며 침대에서 일어났다. 그러자 천장에서 숨어 있는 로열 가드들이 그의 움직이는 동선을 따라 움직였다.

'베인 경의 목소리가 분명하건만… 어찌 목소리만 들린다는 말인가?'

프로렌스 7세는 창가로 가서 창문을 열었다. 나무로 만들어진 창문을 열자 차가운 새벽 공기가 밀려들어 왔다.

'일어났군.'

프로렌스 7세의 모습이 창문 틈으로 보이자 레오는 급히 국왕에게 전음을 날렸다.

[국왕 전하, 태연하게 행동해 주십시오. 암브로시아 공작의 눈이 미칠까 염려하여 드리는 말씀입니다.]

레오의 음성이 머릿속을 울리는 것에 국왕은 놀라워했지만 그의 말대로 결코 허둥거리지 않고 태연하게 새벽 공기를 마시는 척했다.

"말하라."

[조금 전 암브로시아 공작의 수하가 왕자님께 못된 장난을 하려고 했습니다. 다행히 제 손에 붙잡혔지만 그 장난이 무척이나 고약한 것이었습니다.]

"뭐라? 그게 사실인가?"

미친놈처럼 혼자 떠드는 것 같은 국왕의 행동이지만 로열가드는 움직이지 않았다.

[진정하십시오. 그래서 말씀입니다만… 지금 암중의 가드들은 믿을 수 있는 자들입니까?]

"으음, 물론이다. 짐이 자결을 명해도 바로 따를 자들이다."

프로렌스 7세의 믿음에 레오도 더는 로열가드를 의심하지 않았다. 스베인 국왕에게도 로열가드가 있었고, 그들은 어릴 적부터 고아인 자들을 훈련시켜 국왕에게 맹목적인 충성을 하도록 만든 자들이었다. 그리고 국왕의 옆에서 떠나지 않는 자들이기에 회유할 기회조차 없는 것이 바로 그들이기 때문이다.

[그렇다면 그들만 데리고 왕자님의 처소로 오십시오. 그곳에 암습자를 잡아놓았습니다.]

"알겠다. 바로 가도록 하지."

왕자가 암습을 당할 뻔했다는 말에 프로렌스 7세는 강렬한 안광을 터뜨리며 침전을 빠져나갔다. 그는 다른 근위기사들을 배제시킨 채 로열가드의 호위만 받으며 왕자궁으로 향했다.

"이게 어떻게 된 일인가?"

왕자의 침실로 들어온 국왕은 곤히 잠들어 있는 왕자와 석상처럼 서 있는 제레미를 볼 수 있었다. 그리고 의자에 앉아 있다가 자신을 맞이하는 레오에게 저간의 사정을 물었다.

"그것이… 이렇게 된 것입니다. 그래서 이 상황을 역으로 이용하고자 합니다."

레오의 말에 국왕은 호기심을 드러냈다. 이 지랄 같은 상황을 역으로 이용한다는 말은 역으로 암브로시아 공작의 반란을 처리할 수 있다는 뜻이니 호기심이 동한 것이다.

"어떻게 말인가?"

"그러니까, 왕자 전하로 하여금 국왕 전하를 암습하게 하면 됩니다."

"뭐라?"

국왕의 진노 어린 음성에 레오는 손가락으로 입술을 가리며 조용하라는 신호를 보냈다. 로열가드들은 괜찮을지 몰라도 왕자궁에 입직을 서고 있는 근위기사들은 조심해야 할 존재들이었다.

"으음, 미안하네. 계속해서 말해보게."

국왕의 말에 레오는 자신의 생각을 자세하게 설명하기 시작했다.

"그러니까 왕자님께서 국왕 전하를 암습하는 것으로 위장하자는 겁니다. 그리고 왕자님께서 왕위를 찬탈하려고 하는 것처럼 보이면 암브로시아 공작은 친위 쿠데타를 일으킨다는 명목으로 들고일어날 겁니다. 그게 아니라면 왕성에 숨겨둔 세력으로 바로 들어올지도 모르지요."

레오의 말에 국왕은 가만히 생각해 보았다. 레오의 말대로라면 후자 쪽이 암브로시아 공작을 제거하기 좋은 상황이었다. 전자의 경우는 그를 따르는 귀족군까지 모두 들고일어나는 것이니 내전에 휩싸이게 될 가능성이 농후했다.

"나쁘지는 않군. 그런데 암브로시아 공작이 움직일까?"

"물론입니다. 이자를 이용하면 됩니다."

"으득! 이놈을 말인가?"

"이자가 복용한 것은 악마의 눈물이라는 약으로 물약을 마신 후 처음 보게 된 사람을 주인으로 따르게 되는 약입니다."

"그런 약도 있던가?"

"그렇습니다. 고위 흑마법사만이 만들어낼 수 있는 것으로 만드는 것이 상당히 어려운 겁니다."

"허어, 그런 것이 있다면 큰일이 아닌가?"

"물론 그렇기는 합니다만… 성수나 성물에 반응을 보이는 것이기 때문에 보통의 고위 귀족들에게는 소용되지 않는 물건이기도 하지요."

"딴은 그렇겠군."

"이제 국왕 전하와 왕자 저하의 역할이 중요합니다. 그리고 암브로시아 공작에게 줄을 댄 자들을 적당히 넣어서 그들에게도 그들의 작전이 성공했다는 확신을 줘야 합니다."

"내 그렇게 하겠네. 경은 버나드 후작과 함께 만일의 사태에 준비해 주게."

"염려 마십시오, 전하."

레오가 정중하게 고개를 숙이며 대답하자 프로렌스 7세는 뭔가 단단히 각오한 표정으로 고개를 주억거렸다.

이게인 후작은 왕궁의 고위 귀족들이 머무는 객청에서 늦은 새벽까지 서성이고 있었다. 그는 암브로시아 공작에게 받은 밀명을 이루기 위해 사력을 다했는데 그 결실이 지금 보이고 있었다.

스스슷!

창문을 통해 들어온 제레미의 형체가 드러나자 이게인 후작은 눈에 어떤 열망 같은 빛을 띠고 다가왔다.

"어찌 되었나?"

"흐흐흐, 성공했습니다. 식사 시간에 암습을 할 겁니다. 암습이 끝나자마자 해약을 먹으라고 명령을 내렸으니 그대로 될 겁니다."

"그래? 으하하하! 이제 준비해 놓은 것만 실행하면 되겠군. 정말 수고했다. 수고했어."

"흐흐, 별말씀을 다 하십니다."

제레미가 고개를 숙이자 이게인 후작은 기다리고 있을 암브로시아 공작에게 연락을 취하기 위해 서둘렀다. 작전의 성공을 알리는 내용의 밀문을 적어 넣은 쪽지가 연락용 듀프리의 발에 매달린 채 왕궁의 하늘을 날아 어디론가 사라져 갔다.

와락!

손에 움켜쥔 서신을 바라보며 암브로시아 공작은 앙천광소를 터뜨렸다.

"으하하하하! 이제 이 프로렌스가 내 손아귀 안에 들어오는 것인가! 하하! 하하하하하하!"

그런 공작을 보며 숨을 죽이고 있던 가신들이 일제히 머리를 조아리며 인사했다.

"감축드리옵니다, 주군!"

"하례드리옵니다!"

가신들의 인사에 암브로시아 공작은 손을 들어 올리며 대답했다.

"하하하! 모두 고맙네. 이번 일이 무사히 성공하면 내 자네들의 공을 잊지 않을 게야."

"견마지로를 다하겠습니다. 무슨 일이든 맡겨만 주십시오."

"모든 것이 주군의 뜻대로 될 것입니다."

가신들의 얼굴에 피어오르는 열망을 느낀 암브로시아 공작은 하얗게 센 머리카락을 쓸어 올리며 입꼬리를 말아 올렸다. 내일이면 이 나라의 지존이 바뀌게 될 것이다. 그리고 저들 역시 그 지존좌에 앉은 자신의 옆에서 부귀영화를 누리게 되리라.

"암브로시아 공작에게 줄을 댄 자들 중에 한 명은 반드시 있어야 합니다."

레오는 버나드 후작과 함께 걸음을 옮기며 말했다. 이미 국왕으로부터 작전을 들은 버나드 후작은 정보부에서 보내온 내용을 되새기며 대답했다.

"걱정 말게. 제2근위기사단에 암브로시아 공작파로 분류되는 메르시 남작을 붙여주었으니 말이야."

"근위기사단 중에 나머지 적도는 확실하게 분류해서 제압해 놓아야 합니다. 그리고 지원 병력은 어느 정도나 됩니까?"

암브로시아 공작의 반란이 일어났을 때 제일 가능성이 큰 상황은 왕성수비군이 그의 편을 드는 것이다. 2만에 달하는 왕성수비군이 그들의 편에 선다면 자칫 진짜로 반란에 성공할 수도 있었다.

"1군단과 2군단의 정예기사단을 차출해 놓았네. 그들은 바로 왕궁으로 들어와 모처에 대기하고 있을 걸세."

"기사단만으로는 부족할지도 모릅니다만."

레오는 스베인 왕국에서 파펠본 공작가가 반란을 일으키기 위해서 준비해 놓았던 것들을 알고 있었다. 암브로시아 공작도 그 정도의 준비는 해놓았을 것이라 생각하고 움직여야 했다.

"염려 말게. 반란이 터지면 왕성수비군의 주요 지휘관 중에서 절반 이상이 제거될 것이네. 특히 북문과 남문 수비대장은 곧바로 제거될 게야. 그럼 그 휘하의 병력은 국왕 전하의 충실한 부대로 돌변할 것일세."

각 문의 수비대장은 휘하에 3천의 정병을 두고 있었고 각 부대의 독자적인 작전권마저 지니고 있었다. 그들이 모두 국왕의 편을 든다면 왕성 안에서 반란을 일으키는 것은 결코 쉬운 일이 아니었다.

스스슷!

검은 갑옷을 입고 있는 자가 땅에서 솟아난 듯 모습을 드러냈다.

"뭔가?"

버나드 후작이 묻자 상대는 가볍게 묵례만 한 후 쪽지 한 장을 그에게 건넸다.

"수고했다. 물러가도록."

기계처럼 다시 인사만 하고 사라지는 검은 갑옷의 사내를 보며 레오는 버나드 후작에게 물었다.

"누굽니까?"

"정보부 소속의 정보원일세. 어쌔신들의 기술을 익혀 움직이는 것이 그들의 방식을 이용하네."

"후후! 어쌔신이라……. 좋군요."

"그보다 수비대장들이 움직이고 있네."

"움직인다면 병사들을 움직였다는 말씀이십니까?"

"그건 아니고, 비상훈련령을 하달했네. 모든 병력이 비상 훈련이라는 명목으로 모여 있는 것이지."

"후후! 일이 벌어졌다는 것이 알려지면 바로 움직이겠군요."

"그럴 걸세. 마지막으로 자네가 지켜보라고 했던 암브로시아 공작가의 저택을 비롯해 고위 귀족들의 저택에 꽤 많은 병력이 숨어 있다는구먼."

정보부의 요원들이 알아온 것을 말하는 버나드 후작의 눈빛은 강렬한 살광에 물들어 있었다. 왕국을 뒤집으려고 하는 자들에 대한 무한한 살심을 드러낸 것이다.

"후후! 전하께 가죠. 이제 때가 무르익은 것 같으니까요."

"그러세."

버나드 후작은 갑자기 나타나 암브로시아 공작의 흉계를

막고 이제는 반란마저 막으려 하는 레오의 모습에 든든함을 느꼈다. 그리고 그가 이 나라에 온 것을 무한한 축복이라 여기며 주신에게 감사의 인사를 올렸다.

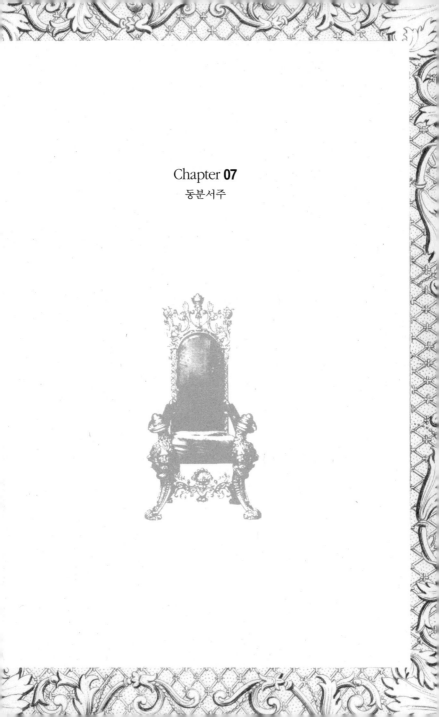

Chapter 07
동분서주

　반란의 기운이 모락모락 피어나고 있는 왕성과는 달리 왕
궁 안은 여전히 평화로웠다. 곳곳에서 열심히 일하는 시녀들
과 그들을 곁눈질하는 근위기사들의 모습 역시 이전 날의 일
상과 똑같았다.

　"라시드 왕자 저하께서 드십니다."

　시종장의 안내와 함께 몽롱하게 풀린 눈을 하고 있는 왕자
가 왕실의 식당으로 들어섰다.

　"부왕 전하, 강녕하셨사옵니까?"

　"어서 오너라. 자리에 앉거라."

"예, 부왕 전하."

딱딱한 인사였지만 아무도 의심스러운 눈빛을 보내지 않았다. 국왕이 중앙의 가장 상석에 앉고 그 옆으로 왕비가 앉았다. 라시드 왕자는 국왕의 맞은편에 앉고 그사이에 어린 공주들이 자리했다. 일견 예전의 식사와 다르지 않는 자리 배치였다.

"자, 식사들 하지."

국왕이 나이프와 포크를 잡으며 말하자 다들 주신께 올리는 성호를 그은 후 식사를 시작했다.

"라시드는 수업은 잘하고 있는 게냐?"

국왕의 물음에 라시드는 먹고 있던 음식물을 삼킨 후 대답했다.

"물론입니다. 아참, 그리고 이번에 참 재미있는 것을 얻었습니다."

"재미있는 것이라……. 그래, 무엇이더냐?"

자상하게 묻는 아비의 물음에 라시드는 품 안에서 작은 상자를 꺼내 들었다.

"이것입니다."

딸칵!

상자의 뚜껑이 열리자 그 안에서 모습을 드러낸 것은 검은색으로 이루어진 팔찌였다. 마나석으로 보이는 것이 박혀 있기는 했지만 그다지 뛰어난 장신구로는 보이지 않았다.

"그것이 무엇이더냐?"

국왕의 물음에 라시드는 씨익 웃으며 대답했다.

"이것은 엑시온이라는 물건입니다, 부왕 전하."

"엑시온이라……. 처음 들어보는 말이로구나."

"오라버니, 그게 뭐예요?"

가장 나이 어린 막내 공주의 물음도 더해지자 라시드는 팔찌를 들어 보이며 국왕에게 물었다.

"이것의 사용법을 보여드려도 되겠습니까?"

"그리하여라."

아무런 의심도 없이 허락하는 모습이기에 라시드는 국왕의 옆쪽으로 걸어가며 팔찌를 손목에 착용했다.

"이제 시작합니다. 엑시온 가동!"

팔찌의 마나석을 누르며 외치자 마나석으로부터 푸른빛의 섬광이 터져 나왔다.

후웅! 차차차착!

빛 무리에 가려 보이지는 않지만 뭔가 착용된다는 것은 알 수 있었다. 잠깐의 시간이 지나고 빛 무리가 사라지자 검은 갑옷으로 둘러진 왕자 라시드의 모습이 드러났다.

"오오! 놀라운 일이로다!"

"정말 멋져요!"

국왕을 비롯한 일가의 탄성이 흘러나왔다. 단 한 곳의 빈틈도 보이지 않는 라시드는 어느새 강렬한 기운을 흩뿌리는 흑기사로 변모해 있었다.

"아주 재미있는 아티팩트지요. 안 그렇습니까?"

"그렇구나. 그만 해제하도록 하거라. 짐이 한번 보고 싶어서 그러니."

"그러지요."

라시드는 차분하게 대답하는 듯했으나 국왕인 프로렌스 7세가 거의 옆까지 다가오자 그대로 신형을 폭사시켰다.

"커억! 네, 네가 왜……?"

국왕인 프로렌스 7세의 가슴에는 어느새 자루만 남아 있는 단검 한 자루가 심장 부위에 박혀 있었다.

"꺄악! 아바마마!"

"와, 왕자! 네가 왜……?"

공주들을 비롯한 왕비는 믿을 수 없다는 듯이 손을 덜덜 떨며 라시드를 가리켰다.

"암습이다! 왕자를 잡아라!"

쉬쉬쉬쉿!

천장과 벽에서 로열가드들이 튀어나왔다. 그리고 그들은 어느새 암습을 가한 라시드 왕자에게 달려들었다.

"멈춰라! 이제 이 나라의 군주는 나다!"

라시드는 버럭 소리를 질렀다. 그 목소리가 식당을 가득 메우고 바깥으로 퍼져 나갔다.

"와, 왕자! 어떻게 네가……?"

왕비는 여전히 심장 어림에서 피를 흘리고 있는 프로렌스 7세를 보며 덜덜 떨고 있었다. 그 황망한 와중에 모여든 로열가드들이 급히 왕비와 비명을 지르고 있는 공주들을 연행하듯이 이끌었다.

"밀궁으로 가셔야 합니다, 마마!"

"놔, 놔라! 전하의 옆을 지킬 것이니라!"

왕비는 정신이 없는 와중에도 국왕의 옆을 지켜야 한다는 일념으로 소리쳤다. 그러나 로열가드들의 강한 힘 앞에 무력하게 끌려가듯이 밀궁으로 향하는 밀도로 들어가야 했다. 그들이 왕비와 공주들을 데리고 사라지자 남은 로열가드들은 눈빛을 주고받으며 바깥으로 신호를 보냈다.

"국왕 전하께서 암습을 당하셨다! 근위기사단은 안으로 진입하라!"

바깥에 있던 버나드 후작이 외치자 문을 부수고 안으로 난입해 들어가는 근위기사들로 인해 식당은 풍비박산이 나고 말았다.

"흐흐! 진짜로 해낼 줄이야. 어서 알려야겠군."

박살 난 문틈으로 심장에서 피를 흘리고 쓰러진 프로렌스

7세의 모습이 보인다. 그리고 미친 듯이 앙천광소를 터뜨리고 있는 왕자 라시드가 이상한 병에 든 물약을 마시는 것을 보았으니 상황은 자신들이 의도한 대로 흐르고 있음을 확인할 수 있었다.

"갔습니다."

몇몇 사람이 식당을 빠져나가는 것을 확인한 레오가 천장에서 내려오며 말했다. 그러자 북새통을 이루고 있던 식당의 중앙에서 쓰러졌던 프로렌스 7세가 몸을 일으켰다.

"끄응! 이거 정말 아프군그래."

심장에 박혀 있는 단검을 자신의 손으로 뽑아냈다. 시퍼런 날의 단검이 뽑혀 나왔지만 처음 흘린 피 외에 더 이상의 출혈은 없었다.

"헤헤! 죄송해요, 아바마마."

열여섯 살에 불과한 왕자는 엑시온을 해제하며 프로렌스 7세에게 애교 어린 사과를 건넸다.

"허허허! 괜찮다. 그런데 힘이 무척이나 세졌더구나."

"아! 이 갑옷 덕분이에요."

"갑옷? 엑시온이라고 하는 그 갑옷 말이더냐?"

"네, 근력과 민첩에 영향을 주는지 무척이나 빨라지더라구요. 제가 힘 조절이 안 될 정도예요."

라시드 왕자는 열여섯에 불과하지만 익스퍼트급에 오른

기사의 실력을 지니고 있었다. 그런 그가 엑시온의 효과로 힘 조절을 하지 못했을 정도였으니 프로렌스 7세의 눈에는 정말 대단한 마법 아티팩트로 여겨졌다.

"이럴 때가 아닙니다. 계획된 대로 움직여야 합니다. 어서 요!"

레오가 서둘러 두 부자의 대화를 끊고 서두르자 프로렌스 7세도 상황을 인지하고는 몸을 일으켰다.

"시작하지."

"충!"

로열가드들이 움직이고 버나드 후작은 자신이 이끌고 온 근위기사들을 향해 명령을 내렸다.

"특급 비상령을 하달하라! 국왕 전하의 암습 사실을 철저 히 막아라! 서둘러라!"

"충!"

근위기사들도 이번 작전이 왕국의 명운을 걸고 행하는 것 임을 알기에 서둘러 움직였다. 그들이 바깥으로 나가는 동안 로열가드들은 국왕과 라시드 왕자를 데리고 밀궁으로 움직였 다.

"가세. 근위기사단 상황실에 대책본부가 마련되어 있네."

"그러시죠."

레오와 버나드 후작은 왕실마법사들까지 모두 불러 모아

놓은 대책본부로 이동했다. 그곳에서 모든 상황이 이루어질 것이고, 마지막은 왕궁에서 끝나게 될 것이다.

피리릿! 쪼로로롱!

근위기사단의 대책본부에는 수많은 마법사들과 기사들로 북새통을 이루었다. 그중에서도 가장 넓은 창문 쪽으로는 연락용 듀프리들이 계속해서 날아들었다.

"북문수비대에 출동 명령이 내려졌답니다."

"서문수비대 역시!"

"왕성치안대의 기사들에게도 출동 명령이 하달됐습니다."

계속해서 들어오는 소식은 왕성수비군 중에서 두 개의 수비대와 치안청의 움직임에 관한 것이었다.

"다른 움직임은 없는가?"

"아직 들어온 보고는 없습니다."

"후작 각하, 마법 통신으로 들어온 보고가 있습니다."

"말하라!"

"밀톤 백작령에서 기사단과 일단의 기병대가 움직였다는 세작의 보고가 있습니다."

"밀톤 백작령? 어느 정도라 하던가?"

"두 개 기사단과 3천의 기병이라고 합니다."

"으음, 다른 곳은?"

"피어스넌 자작이 밀톤 백작의 군대를 막기 위해 출정한다는 보고가 있었습니다."

"다행이군."

"하오나 피어스넌 자작의 군대로 막을 수는 없을 것입니다. 대책이 필요합니다."

계속되는 보고와 그것을 막기 위한 명령 하달이 대책본부에서 이루어졌다. 레오는 그런 보고를 들으며 상황을 객관적으로 판단하기 시작했다.

'사대문의 수비대 중에서 두 개가 움직였다. 중앙수비대는 움직이지 않은 듯하지만… 우선 그들의 수뇌부를 제거해야 한다.'

레오는 암브로시아 공작군의 병력을 제어해야 한다는 생각으로 급히 버나드 후작에게 말했다.

"북문과 서문수비대의 대장들을 제거할 수 있겠습니까?"

"근위기사들을 보냈네. 그리고 천부장 중에 밀정을 심어놓았지."

"흠, 그 정도로는 어려울 겁니다."

레오는 근위기사들의 실력이 뛰어나다는 것은 인정하고 있다. 그러나 그 상대가 전설을 이은 자들이라면 절대 뛰어난 실력이라고 말할 수 없었다.

"그럼 어떻게 하는 것이 좋겠나?"

"제가 가도록 하죠."

"자네가 말인가?"

"그게 낫지 않겠습니까?"

"하지만 암브로시아 공작이 왕궁으로 밀고 들어온다면 그들을 막을 실력자가 모자라네."

"빠르게 해결하고 돌아와야죠. 그 수밖에 없습니다."

"으음, 이걸 가지고 가게."

버나드 후작이 건네는 것은 왕실의 문장이 찍혀 있는 금색 수실이 달린 문서였다.

"이건……?"

"국왕 전하를 대리한다는 증명일세. 그레이트씰이 찍혀 있으니 명령을 거부하면 반란으로 간주하고 바로 참해도 죄가 되지 않네."

"후후! 대단한 물건이로군요. 다녀오겠습니다."

"부탁하네."

버나드 후작의 말이 끝나기도 전에 레오의 신형이 듀프리가 드나드는 창문을 관통하고 있었다.

"허어, 대단한 몸놀림이로다."

버나드 후작은 레오의 경신법에 혀를 내둘렀다. 어디서 저런 자가 떨어지듯이 나타났는지 모르겠다는 약간의 허탈함이 어린 고갯짓이 이어졌다.

"멈춰라!"

이십여 명의 근위기사단원과 그들이 이끄는 백여 명의 근위병이 북문수비대의 행군을 막아섰다. 그러자 북문수비대를 이끄는 수비대장인 폴크스 자작이 앞으로 나왔다. 사십대 초반의 단단한 체구를 지닌 기사인 그가 나서자 그 옆으로 기사들과 장교들이 따라 나왔다.

"무슨 일인가?"

"지금 왕성수비대는 반란이라도 일으키려는 것인가? 어서 군을 돌려라!"

"그럴 수는 없다! 라시드 왕자가 반란을 일으키고 국왕 전하를 시해했다는 것을 안 이상 역적을 처단하고 나라의 기강을 올바로 세우려 함이다!"

폴크스 자작이 일부러 목소리를 높이며 외쳤다. 자신들은 반란군이 아닌 근왕군이라는 것을 병사들에게 알리기 위함이었다. 혹시라도 모를 동요를 막기 위한 행동이었다.

"근위기사단장이신 버나드 후작 각하의 명령이다. 왕성수비군은 근위기사단의 명령을 받아야 한다는 것을 모르지는 않을 터! 군을 돌려라! 이건 명령이다!"

"따를 수 없다! 계속해서 우리의 행사를 막는다면 반란의 무리로 판단하고 공격하겠다!"

폴크스 자작의 외침에 근위기사단원 중 한 명이 폴크스 자작의 무리 중에 있는 자에게 눈짓을 보냈다. 폴크스 자작을 제거하면 수비대도 근위기사단의 명령을 따를 수밖에 없다고 판단한 것이다.

[잠깐 멈추도록!]

갑작스런 목소리가 귀가 아닌 머릿속에서 울려왔다. 근위기사들을 이끄는 벨트레 남작은 어리둥절하여 주변을 살폈다.

[맥스 베인 백작일세. 잠깐만 기다리도록 하게.]

"아, 알겠습니다."

맥스 베인이 등장한 것은 며칠 되지 않았지만 그의 무위와 국왕과 버나드 후작의 신뢰가 어떠한지 아는 벨트레 남작은 눈짓으로 첩자들의 행동을 막았다.

'병사들 중에도 저들의 무리가 섞여 있을 것은 분명하다. 그러니 한 번에 사로잡아야 한다.'

레오는 두 무리가 대치하고 있는 상황을 살펴보다 폴크스 자작에게 전음을 날렸다.

[폴크스 자작님이십니까?]

"누, 누구냐?"

폴크스 자작은 갑작스런 음성에 깜짝 놀라 좌우를 살폈다. 그러나 자신의 휘하들은 아무런 움직임도 보이지 않고 있었다.

[공작 전하의 전령입니다. 아실지 모르겠지만 홀리스피드의 전설을 이은 자들 가운데 한 명입니다.]

"아, 그런가?"

홀리스피드의 전설을 이은 자가 암브로시아 공작이고 그 휘하의 기사들 역시 그 무예를 배운 자들이다.

그것을 아는 폴크스 자작은 자신을 돕기 위해서 그들 중 하나가 왔다는 것에 만족스런 미소를 지었다. 근위기사들을 상대하려면 하나라도 더 강력한 실력자가 있는 것이 든든하기 때문이다.

[근위기사단이 백여 개의 마력탄을 가지고 있다는 첩보가 들어왔습니다. 만일의 상황에는 자폭을 할 겁니다.]

레오의 말에 폴크스 자작의 눈썹이 꿈틀거렸다. 마력탄이 폭발하면 방원 10미터 정도는 그대로 마력의 폭풍에 휘말려 파괴되는 물건이다. 그것이 백 개라면 수비대를 괴멸시킬 수 있을 만큼의 파괴력이라고 볼 수 있었다.

"으음, 어떻게 해야 하는가?"

수비대가 전멸하는 것은 문제가 아니지만 자신의 목숨이 사라질 수도 있으니 그것은 막아야 했다.

[일단 수뇌부와 잠깐 회의를 한다고 하고 동편의 골목길로 움직이십시오. 그럼 저와 제 휘하들이 저들을 처리할 겁

니다.]

"흐흐흐! 알겠네. 내 자네의 말대로 하지."

폴크스 자작은 수비대의 안위는 상관이 없는지 주변에 있던 기사들과 장교들 가운데 확실한 자신의 라인만 챙겨서 한쪽으로 이동했다.

"벨트레 남작, 잠깐 우리끼리 이야기를 좀 나눠보겠네. 그동안 잠시 기다려 줄 수 있겠나?"

"물론이오. 십 분의 시간을 주겠소."

"고맙군. 그럼 잠시 후에 보지."

폴크스 자작이 수뇌부와 함께 사라지자 벨트레 남작은 한숨을 길게 내쉬며 고개를 내저었다.

"모두 방패로 몸을 가려라!"

폴크스 자작은 마력탄이 터질 것을 우려하여 방패로 몸을 가리며 부하들에게 명령했다. 그러자 그의 부하들은 이 의아한 상황이 이해되지 않는지 자작에게 이구동성으로 물었다.

"대장님, 무슨 일이 있는 겁니까?"

"방패는 왜……?"

"어허! 내 말대로 하게. 아니면 크게 후회할 것이니 말이야."

수비대의 눈이 미치지 않는 골목길로 들어서서도 자신의

안전에 만전을 기하는 폴크스 자작은 상황을 살피며 방패로 몸을 가리는 부하들을 살폈다.

'한 번에 제압해야 한다!'

건물의 옥상에서 아래를 내려다보는 레오는 독한 마음을 먹고 두 손에 마나를 모았다.

'티엔마르핸드!'

벼락이 치듯이 지상을 향해 쇄도해 들어가는 레오의 손이 무수히 많은 장영을 만들어냈다.

"어엇!"

누군가 공중에서 느껴지는 살기에 반응했지만 이미 두 눈 가득히 보이는 무수한 손바닥의 형상만 확인했을 뿐이다.

퍼버버버벙!

갑작스런 격통을 느끼기 무섭게 폴크스 자작과 십여 명의 수뇌부는 그대로 무너져 내렸다.

"후우! 다행히 한 번에 제압했군."

레오는 이번 기습으로 어쌔신들이 무위가 높은 이들을 기습으로 제압하는 이유를 이해할 수 있었다. 그게 아니라면 한 번에 열 명이 넘는 무리를 제압하기란 여간 어려운 일이 아니었을 터였다.

'급하군.'

레오는 서둘러 쓰러져 있는 폴크스 자작의 갑옷을 벗겼다.

그리고 얼른 갑옷을 걸친 후 벨트레 자작에게 전음을 날렸다.

[놀라지 말게. 내가 지금 폴크스 자작을 제압하고 그로 변장했으니 말이야.]

"그, 그게… 허헛!"

골목길에서 모습을 드러낸 것은 분명 폴크스 자작이었다. 그가 걸어 나와 벨트레 남작에게 말했다.

"토의가 끝났소. 하지만 내 그대들에게 확답을 받을 것이 있으니 근위기사들만 이곳으로 오시오."

"알겠습니다."

상황을 알 수 없으나 분명 맥스 베인으로 분장하고 있는 레오의 목소리가 확실했기에 벨트레 남작은 그의 말에 따랐다. 그가 손짓하자 열 명의 근위기사가 그를 따라 골목길로 들어섰다.

"헉!"

벨트레 남작은 십여 명의 기사가 널브러져 있는 골목길에 들어서자마자 헛바람을 들이켜야 했다. 마나나 오러의 기운을 느끼지도 못했기에 그 놀라움을 극에 달해 있었다.

"지금부터 내가 하는 말을 잘 듣게."

레오가 갑옷을 벗으며 말했다. 어느새 레오의 얼굴은 기이한 움직임을 보이며 맥스 베인의 얼굴로 변한 후였다.

"그, 그건… 어, 어떻게 하는 겁니까?"

벨트레 남작은 레오의 얼굴이 순식간에 바뀌는 것이 놀라웠다.

"그게 중요한 것이 아님을 모르는가!"

"헙! 아, 알겠습니다."

"저들의 갑옷으로 갈아입게. 어서!"

"명을 받듭니다!"

벨트레 남작은 레오가 건네는 폴크스 자작의 갑옷으로 빠르게 갈아입었다. 모든 근위기사들이 서문수비대의 기사 복장으로 갈아입자 레오가 벨트레 남작에게 다가갔다.

"내가 남작의 얼굴을 폴크스 자작의 얼굴로 바꿔줄 것이네. 그러니 지금부터 남작은 폴크스 자작으로 위장하여 수비군을 이끌고 왕궁으로 향하게."

"네? 그, 그게 무슨……?"

"내 말대로 하게. 반란군인 척하고 그들에게 섞여 들어가라는 말이니까."

"아! 그, 그렇군요."

벨트레 남작은 레오의 명령대로 하면 어떤 상황이 벌어질지 이해하고는 눈을 동그랗게 뜨며 반겼다.

"지금 남작의 얼굴을 바꿔줄 것이네. 실례하지."

레오는 벨트레 남작의 얼굴에 손을 가져다 대며 얼굴에 흐르는 마나 로드에 자신의 마나를 밀어 넣었다.

"읏! 아아……!"

벨트레 남작은 기이한 경험을 하게 된 것에 놀라워했다. 마나 로드를 타고 흐르는 열기가 얼굴을 휩쓸고 지나가자 근육이 꿈틀거리며 제멋대로 움직인 것이다.

"와아……!"

"폴크스 자작의 얼굴이……!"

근위기사들은 벨트레 남작의 변화에 깜짝 놀라며 레오를 쳐다보았다.

"경들은 투구를 눌러쓰는 것으로 대신하게. 그리고 저들을 끌고 내 뒤를 따르도록."

"충!"

근위기사들은 자신들의 갑옷을 입고 있는 자들을 하나씩 들쳐 메고 레오의 뒤를 따랐다.

"헉! 근위기사단은 남작님을 구하라!"

골목길에서 나온 폴크스 자작을 필두로 한 이들이 근위기사단의 복장을 하고 있는 이들을 들쳐 메고 있었다. 그것을 본 나머지 근위기사들이 일제히 검을 뽑아 들고 달려들려 했다.

"멈춰라!"

"이, 이놈들이 어디서!"

근위기사단은 벨트레 남작이 사로잡힌 거라 생각하고 죽음을 각오하고 공격하려 했다. 그러나 그보다 앞서 튀어나온 레오의 손에 들린 것을 보고 멈춰야 했다.

　"국왕 전하의 칙서다! 반역을 저지르는 것이 아니라면 명을 따르라!"

　"충!"

　근위기사단이 무릎을 꿇자 레오는 칙서를 펼치며 말했다.

　"경들은 폴크스 자작을 도와 반역의 무리를 제압하도록 하라!"

　"크흑! 며, 명을 받듭니다."

　근위기사단은 국왕의 칙서가 왜 저들에게 있는지 이해할 수 없었다. 누가 반역의 무리이고 또 근왕군인지 헷갈리기 시작했다.

　"전군은 나를 따르라!"

　우렁찬 외침을 토한 벨트레 남작이 폴크스 자작의 흉내를 내며 앞장서서 나갔다. 미묘하게 달라진 목소리였지만 수뇌부가 모두 제압된 상태이기에 그것을 따질 사람은 남아 있지 않았다.

　"전군 공격하라! 국왕 전하를 암습한 반역의 무리를 몰아내야 한다!"

은빛의 고풍스런 갑옷을 걸친 암브로시아 공작이 선두에 서서 외쳤다. 그 뒤에는 사백 명이 넘는 기사와 마법사, 그리고 그들의 명령을 받는 수천의 병력이 왕궁을 포위한 채였다.

"와아아아! 반역자들을 공격하라!"

"프로렌스 왕국 만세!"

병사들은 국왕인 프로렌스 7세가 암습을 받아 죽고 그 원흉인 라시드 왕자가 근위대를 장악한 거라 믿고 있었다. 자연 그들의 행동에서는 대의명분에 의한 넘치는 사기와 나라를 구하고자 하는 열의가 흘러넘쳤다.

"막아라! 근위대는 적도들이 왕궁으로 들어오지 못하게 막아라!"

"쏴라! 한 놈도 왕궁으로 발을 들여서는 안 된다!"

피피피피피피피핑!

왕궁의 내성벽 위에 도열해 있는 병사들은 일제히 크로스보우를 발사했다. 그들이 쏜 쿼렐이 수천의 암브로시아 공작군에게 날아들었다.

"맞대응하도록! 기사단은 성문을 부숴라!"

암브로시아 공작이 명령을 내리자 병사들 간에 전투가 벌어지기 시작했다.

"흠, 아직 도착하지 않은 건가?"

암브로시아 공작은 자신의 사병만으로는 왕성을 뚫는 것

이 쉽지 않다는 것을 잘 알고 있었다.

"곧 도착할 것입니다, 전하!"

이게인 후작이 옆에서 전하라는 명칭을 써가며 말했다.

"허허! 그 사람 하고는……."

전하라는 명칭이 싫지는 않은지 암브로시아 공작은 수염을 쓸어내리며 말을 이었다.

"수비대는 어디까지 왔나?"

"수비대 사령부의 군대는 십 분 후면 도착할 겁니다. 나머지 전하를 따르기로 맹세한 북문과 서문의 수비군 역시 이십 분 이내로 도착할 것입니다."

"흐흐흐! 그렇다면 쉐도우 나이트들을 준비시켜야겠군."

"성문만 부서진다면 그 누가 있어 전하를 막을 수 있겠습니까. 하하하!"

"딴은 그렇겠지."

암브로시아 공작은 쉐도우나이트로 명명된 휘하의 기사들에게 손짓했다. 모두 오십 명으로 이루어진 그들은 십여 명의 마스터와 최상급의 익스퍼트로 이루어진 무적의 기사단이었다. 그들을 앞세우고 왕궁을 공략한다면 그 누가 있어 막을 수 있을지 궁금했다.

'흐흐흐! 이제 곧 이 나라의 왕위는 내 손에 떨어진다. 가문의 그 오랜 숙원을 내 손으로 이루는 것이야.'

공작 가문들은 어느 나라를 막론하고 왕위계승권을 가지고 있었다. 오래전에는 왕가였다가 새로운 왕가에 밀려 공작가로 내려앉은 곳이 많았고, 암브로시아 공작가도 그중 하나였다.

"쉐도우나이트들은 왕궁의 성문을 부숴라!"

암브로시아 공작이 명령을 내리자 뒤에 도열하고 있던 쉐도우나이트들이 일제히 왕궁의 성문을 향해 달려 나갔다.

휘익! 콰앙! 콰쾅!

갑작스런 폭음에 달려가던 자들이 멈추고 성문 위를 쳐다보았다.

"더 이상의 접근은 용납하지 않는다!"

버나드 후작과 검은 레더메일을 걸친 로열가드의 단장과 휘하의 기사들 손에 들린 마력탄을 보며 암브로시아 공작은 침음성을 흘려야 했다. 공격한다면 이길 수는 있겠지만 두 명의 마스터가 던지는 마력탄에 자칫 휘하의 쉐도우나이트들이 당할 우려가 있었다.

'차라리 병력이 모두 모일 때까지 기다리는 편이 낫겠군.'

지금이야 병력이 비슷하니 저들이 반항하는 거라 생각했다. 왕성수비군의 2/3가 지금 몰려오고 있으니 그들이 합류하면 저들 중에 포기하는 자가 나올 것이다.

"버나드 후작, 감히 국왕 전하를 암습한 라시드 왕자의 편에 서서 반역을 일으키려 하는가!"

명분도 자신들의 손에 있으니 강하게 몰아치면서 사기를 꺾어놔야 했다.

"뭐요? 누가 감히 그런 망발을 입에 담는다는 말이오! 국왕 전하는 무사하니 공작은 군을 물리시오!"

"허허! 후작은 나를 너무 무시하는군. 안드레 남작은 나오라!"

"명!"

안드레 남작은 근위기사단의 복장을 하고 있었다. 프로렌스 7세의 암습이 있을 때 왕실 식당의 경계를 섰던 근위기사이다.

"상황을 설명하라!"

"명! 점심 식사 중에 라시드 왕자가 국왕 전하를 암습한 것을 보았습니다. 심장에 단검이 꽂힌 채 서거하신 국왕 전하의 참담한 모습을 보았으나 감히 막지 못한 저의 불충을 고백합니다. 이는 귀족이기 이전에 한 사람의 명예로운 기사로서 하는 말입니다."

비통한 표정으로 마나를 실어 외치는 남작의 말은 기사의 명예를 걸고 하는 말이라 더욱 반란군들의 가슴에 다가왔다. 그리고 자신들은 반란을 진압하는 근왕군이라는 자부심을 더욱더 키워주는 계기가 되었다.

"닥쳐라! 누가 누구를 시해했다는 말이냐!"

버나드 후작이 살기를 드러내며 외치자 암브로시아 공작은 싸늘한 조소를 머금은 채 후작을 타박했다.

"후작의 말이 맞는다면 어이해서 국왕 전하께서는 나서지 않는가? 국왕 전하께서 나서신다면 우리가 오해했음이 단박에 풀릴 일이 아니던가!"

공작의 외침에 버나드 후작은 이를 앙다무는 모습만 보였다. 그 모습에 더욱 기세가 산 공작은 옆에 있는 한 사람을 모두에게 소개했다.

"지금 본 공작의 옆에 계신 분이 누구인지 아는가? 바로 지난번 이게인 후작과 함께 왕궁으로 들어오신 프로렌스 7세 전하의 첫 번째 왕자이시다. 비록 아직은 진위를 확인하는 중이라 하나 왕가의 펜던트의 주인이신 분이다. 또한 국왕 전하를 암습하여 시해한 라시드 왕자를 대신하여 이 나라 프로렌스의 새로운 군주가 되실 분이다!"

"와아! 왕자 저하 만세!"

"프로렌스 왕국 만세!"

병사들이 우레와 같은 함성을 지르며 손을 흔드는 제레미에게 열광했다. 그것을 보는 근위대들의 표정이 참혹하게 일그러졌다. 영문을 모르는 그들은 자신들이 국왕을 시해한 라시드 왕자의 편에 서서 반역을 일으킨 것이라 오해한 것이다.

"전하, 수비대의 병력이 도착했습니다."

"그래?"

공작은 뒤를 돌아보았다. 족히 5천이 넘는 병력을 이끌고 오는 왕성수비군의 본대 병력이 속속 왕궁 쪽으로 진입하고 있었다.

"흐흐흐! 드디어 왔는가!"

공작은 병력의 압도적인 우위를 바탕으로 계속해서 몰아치면 자신의 계획이 완성될 것임을 믿어 의심치 않았다.

"충! 공작 각하를 뵈옵니다!"

왕성수비군의 본대를 이끄는 피에르 백작이 암브로시아 공작에게 군례를 취했다.

"어서 오라. 내 백작의 충정을 잊지 않겠다."

"하하하! 모든 것이 이 나라 프로렌스를 위함입니다. 어찌 그런 말씀을 하십니까."

"흐흐흐! 경만 믿겠네."

"맡겨주십시오. 왕성수비군은 서둘러 반역도를 공격할 준비를 갖춰라!"

공작에게 짧게 대답한 후 곧장 돌아서서 왕성수비군 본대의 병사들에게 명령을 내렸다. 그러자 암브로시아 공작의 사병들과 함께 왕궁을 포위하는 그들의 움직임에 근위대는 더욱더 절망에 빠져들었다.

Chapter **08**
정체를 드러내다

　1만 명이 넘는 병력에 의해 포위당한 왕궁은 절망적인 분위기에 휩싸였다. 거기에 북문과 서문의 수비군까지 합류하여 더욱 불어난 암브로시아 공작군의 사기는 하늘을 찌를 지경이었다.

　"하아……!"

　버나드 후작은 계획이 틀어진 것은 아닌지 걱정되어 발을 동동 굴렀다. 막으러 나간 맥스 베인, 즉 레오에게서 소식은 없고 왕성수비군이 모두 암브로시아 공작에게 합류하는 것을 두고 보아야만 했다.

"왕성수비군 서문 수비대장 폴크스 자작입니다."

"어서 오게. 그런데 감기라도 걸렸나 보군."

"그것이… 근위대를 제압하다 목에 부상을 입어서 그렇습니다."

"이런! 조심하지 그랬나. 경의 부대도 준비시키게."

"명을 받듭니다!"

폴크스 자작으로 변장하고 있는 벨트레 남작은 군례를 취한 후 왕궁을 에워싸고 있는 병력을 살폈다.

'후우, 아직 베인 백작님은 오지 않은 것인가?'

자신이 이끄는 부대만으로 이 많은 적을 공격할 수는 없었다. 자칫 뒤를 치려다가 협공에 무너질 우려가 컸다.

[동쪽으로 부대를 이동시키게. 토마스 자작의 북문수비대 역시 자네와 같으니.]

"아…….."

북문수비대의 토마스 자작 역시 막으러 나갔던 근위기사단의 카르벤 남작이 대신하고 있다는 말이다. 그 말에 힘을 얻은 안드레 남작은 서둘러 서문수비대를 향해 외쳤다.

"우리 서문수비대는 동편으로 이동한다! 부대 공격 대형으로!"

"와아아아아!"

안드레 남작의 명령에 따라 근위기사들은 각기 병력을 이끌고 동쪽으로 이동하여 진형을 꾸렸다. 같이 도열해 있는 암브로시아 공작군의 바로 뒤쪽에 도열하여 언제든 공격할 수 있는 대형을 갖췄다.

'후후! 이제 판은 모두 마련됐다. 안으로 들어가서 한 번에 제압하는 것이 좋겠어.'

레오는 미리 대기하고 있을 프로렌스 7세를 내세워 암브로시아 공작과 그의 기사들은 한 번에 제압할 생각이었다. 로열가드의 단장과 버나드 후작이 국왕을 지켜준다면 저들은 언제든지 제압할 수 있었다.

'특히 저놈, 암브로시아 공작은 꿈에도 모를 것이다. 제 손으로 키운 놈에 의해서 죽음을 맞이하게 될 것이라고는. 후후후!'

레오는 준비가 끝나자 성문 위에서 좌불안석이 되어 있는 버나드 후작에게 전음을 날렸다.

[맥스 베인입니다.]

전음이 날아들자 버나드 후작의 숙여졌던 고개가 빠르게 들렸다. 그리고 그는 전음이 날아들고 있는 방향을 찾아 시선을 돌렸다.

[북문수비대와 서문수비대는 근위기사들이 장악했습니다. 계획대로 왕궁 안으로 부대를 물리십시오. 정원에서 끝맺도록 하지요.]

"알겠네."

버나드 후작은 모든 것이 계획대로 됐다는 말에 회심의 미소를 지었다. 지금 암브로시아 공작군은 자신들이 포위되어 있다는 것을 알지 못하는 듯했다.

"뭐라고 했는가?"

암브로시아 공작이 버나드 후작이 중얼거리는 것을 보고 외쳤다. 그러자 버나드 후작은 짐짓 분한 표정을 지어 보이며 말했다.

"좋소! 내 국왕 전하께서 무사하신 것을 보여드리리다! 그러니 확인되는 대로 공작께서는 군을 물리셔야 할 것이오! 아시겠소?"

"허허허! 물론일세. 내 국왕 전하를 위해 군대를 몰아온 것이지 다른 사심은 없네."

"근위대는 성문을 열어라!"

"충!"

버나드 후작이 성문을 열자 암브로시아 공작은 내심 흡족한 미소를 지었다. 그가 생각하기에 버나드 후작이 시세를 따라 항복한 것이라 여긴 것이다.

"전하, 안으로 드시지요. 제가 모시겠습니다. 흐흐흐!"

이게인 후작은 이제 상황은 모두 끝나고 암브로시아 공작이 정권을 쥐게 될 것이라 확신했다. 그리고 왕자로 꾸민 제레미로부터 왕위를 넘겨받아 국왕이 되면 자신은 일인지하 만인지상의 자리에 오르게 될 꿈에 부풀었다.

"가세. 쉐도우나이트는 길을 열어라!"

"충!"

쉐도우나이트가 먼저 앞장서서 길을 열고 그 뒤를 암브로시아 공작을 따르는 귀족들이 말을 몰아갔다. 그리고 1만이 넘는 병력이 열과 오를 맞춰서 왕궁으로 들어섰다.

"질리언!"

"하명하십시오."

공작의 부름에 모습을 드러낸 검은 레더메일을 걸친 자가 대답했다. 그림자에서 솟아오르는 듯한 기이한 움직임을 보이는 자가 등장하자 암브로시아 공작이 명을 내렸다.

"언제라도 공격할 수 있도록 각 부대장들에게 명을 전달하게. 국왕이 혹시라도 살아 있다면 그대로 공격하여 전멸시켜야 할 것일세. 특히 국왕은 제일 먼저 죽여야 하네. 알겠나?"

"주군의 뜻대로 될 것입니다."

질리언이 그림자 속으로 다시 스며들어 가자 공작은 부대가 대오를 갖추는 것을 지켜보며 느릿하게 말을 몰아갔다.

'국왕이 살아 있다고 해도 이미 전세를 뒤집을 수는 없다. 이것이 나를 잡기 위한 계책이라고 해도. 크크크! 국왕이 죽으면 모든 것은 나의 뜻대로 이루어질 것이다.'

국왕이 살아 있다고 해도 상관없었다. 왕궁의 내성 문을 돌파한 이상 자신의 휘하에 있는 병력이라면 언제든지 국왕과 그 일가를 끝장낼 수 있었다.

"멈추시오!"

밀집 대형으로 길게 늘어선 공작의 부대를 다시 막아선 것은 왕궁으로 올라가는 작은 동산의 중간 지점이었다. 국왕이 머무는 정궁이 바로 올려다 보이는 곳으로 공작 뒤에는 모든 병력이 포위하듯이 서 있었다.

"국왕 전하를 모셔올 것이니 대기하도록 하시오!"

버나드 후작의 말에 암브로시아 공작은 고개를 끄덕이며 여유로운 모습을 내보였다.

"제레미!"

"말씀하세요, 암브로시아 공작님."

다른 이들이 보기에 이상하지 않게끔 제레미는 암브로시아 공작에게 편안하게 말을 건넸다.

"만약 국왕이 살아 있다고 해도 금방 처리할 것이니 왕권을 인수할 수 있도록 준비하도록."

"물론입니다. 당연히 그렇게 해야죠. 하하하!"

제레미는 말을 탄 채로 공작의 바로 옆에서 호탕하게 웃었다. 머리부터 발끝까지 자신의 휘하에서 키운 제자 같은 제레미이기에 공작은 흡족한 미소를 지으며 그의 등을 두드려 주었다.

"국왕 전하께서 나오시니 프로렌스의 모든 신민은 무릎을 꿇을지어다!"

버나드 후작과 로열가드 단장의 호위를 받으며 프로렌스 7세가 걸어 나왔다. 그 옆으로 검은 엑시온을 걸친 왕자 라시드가 모습을 보이자 암브로시아 공작군 진영은 혼란에 빠졌다.

"이, 이럴 수가……!"

암브로시아 공작은 프로렌스 7세가 멀쩡하게 걸어오는 장면을 목격하고는 분노에 이를 갈아붙였다.

"감히… 나를 속이다니……!"

그의 시선이 제레미에게 돌아가는 순간 그는 옆구리로 파고드는 싸늘한 기운에 신형을 틀었다.

"죽어라! 반역자여!"

제레미가 벼락 치듯 외치며 롱소드를 찔러들어 왔다. 미처 피하지 못한 암브로시아 공작은 일 검을 허용한 후에야 말에서 튕기듯 물러설 수 있었다.

"네, 네놈이 감히 나를… 으득! 쳐라!"

쉐도우나이트가 어느새 다가와 암브로시아 공작을 둘러싸자 그는 악독한 마음을 먹고 공격 명령을 내렸다.

"프로렌스의 병사들이여! 반역자 암브로시아 공작을 참살

하라! 이는 프로렌스의 국왕이자 그대들의 군주인 나 프로렌스 7세의 명일지니!"

프로렌스 7세가 명령을 내리자 왕성수비대의 병사들은 수군거리며 어찌할 바를 모르고 허둥거렸다. 그에 반해서 암브로시아 공작의 사병들은 일제히 앞으로 몰려 나가며 국왕 앞에 도열하고 있는 근위대를 향해 공격해 들어갔다.

[지금이다! 모두 부대를 장악하고 암브로시아 공작군을 공격하라!]

"충!"

"자랑스러운 왕성수비대의 병사들이여! 반역자 암브로시아 공작군을 처단하라!"

"북문수비대는 반역자들을 처단하라! 공격!"

"와아아아! 반역자를 처단하라!"

병사들은 수비대장들의 명령이 떨어지자 암브로시아 공작군을 향해 일제히 공격을 퍼부었다. 그러자 앞뒤로 공격을 받게 된 암브로시아 공작의 사병들은 손발이 어지러워지며 우왕좌왕했다.

"으득! 모든 것이 함정이었다는 것인가?"

공작은 왕성수비대의 전 병력이 자신이 아닌 국왕의 편을 들며 사병들을 공격하자 이를 갈았다.

'국왕만 죽이면 된다! 국왕만!'

암브로시아 공작은 국왕만 죽인다면 쉐도우나이트들에 의해서 제압된 제레미를 이용하여 왕위를 찬탈할 수 있다고 생각했다. 비록 눈앞에 국왕이 나타났지만 그것은 버나드 후작과 그 일당이 꾸민 대역이라 우기면 그만인 것이다.

"쉐도우나이트들은 나를 따르라! 국왕을 친다!"

"명!"

옆구리에서 피를 흘리면서도 암브로시아 공작은 검을 뽑아 들고 신법을 사용하여 빠르게 국왕을 향해 달려 나갔다. 그 뒤를 50명의 쉐도우나이트가 따르는데 그 누구도 그 앞을 막아서지 못했다.

"흐랏! 킬윈소드!"

쉬쉬쉿! 스걱!

검에서 뿜어져 나온 오러가 일직선으로 퍼져 나가며 막아서는 근위대를 그대로 반으로 갈라냈다.

"근위기사단은 방패진을 형성하라! 암브로시아 공작을 막아야 한다!"

버나드 후작은 공작과 그 부하들이 기세등등하게 밀고 들어오자 근위기사단에 명령을 내렸다. 200명이 넘는 근위기사가 일제히 방패를 앞세운 채 방진을 형성하자 푸른 마나가 실린 방패의 벽이 국왕의 앞에 세워졌다.

"공작을 노려라! 발사!"

근위대의 병사들은 크로스보우를 겨눈 채 명령을 기다렸다. 그러다 근위대장의 명령이 떨어지자 일제히 크로스보우의 방아쇠를 당겼다.

피피피피피피피핑!

수백 발의 쿼렐이 일제히 단 한 명을 죽이기 위해서 쏘아져 나갔다. 제아무리 마스터라고 해도 그 일점사 공격에는 죽을 거라고 근위대원들은 생각했다.

"어림없다! 소드 실드!"

암브로시아 공작이 만들어낸 오러의 방어막이 생성되고 그 위를 쿼렐이 사정없이 두들겼다.

"허어……."

"어떻게 저런……."

병사들부터 명령을 내린 근위대장까지 경악으로 눈을 치켜떴다. 수백 발의 쿼렐이 오러의 막을 뚫지 못하고 그대로 가루가 되어 사라지는 것을 보니 그 충격은 엄청난 사기 저하로 돌아왔다.

"막는 자는 누구라도 벤다! 길을 열어라!"

암브로시아 공작이 표홀한 움직임을 보이며 미친 듯이 달려왔다. 곧 근위대 병사들을 돌파하여 방패로 둘러싸고 있는 근위기사단과 충돌할 것처럼 보였다.

"으음, 준비를 해야겠소."

"막을 수 있을지는 모르겠습니다. 암브로시아 공작과 그 수하들이 모두 마스터일 줄이야!"

도합 열 명이 넘는 마스터가 달려오고 있었다. 그에 반해 프로렌스 7세를 지키고 있는 버나드 후작과 로열가드의 단장만이 마스터의 반열에 올라 있다. 둘이 합공해도 무시무시한 기세를 뿜어내고 있는 암브로시아 공작을 이겨내지 못할 것이다.

"멈춰라!"

둘이 우려 어린 시선으로 암브로시아 공작을 암울하게 쳐다볼 때 공중으로부터 광량한 소리가 터져 나왔다. 둘의 시선이 공중으로 올라갈 때 그곳에서는 한 사람이 커다란 플랑베르주를 들고 떨어져 내리고 있었다.

"맥스 베인… 아니… 누가 저런 모습을……."

"버나드 후작님은 저자를 아시오?"

"나, 나도 모르는 자요. 저런 무시무시한 오러를 뿜어내는 자라니……."

버나드 후작은 암브로시아 공작을 향해 거대한 오러를 쏘아 보내는 기사를 보고 고개를 저었다. 3미터가 넘는 거대한 오러가 거검의 형상을 만들어내며 그대로 지면을 향해 쏘아져 내렸다.

"으득! 킬원 소드 2식!"

암브로시아 공작은 공중에서 자신을 노리고 쏘아진 오러에 모든 마나를 폭발시키듯이 검에 불어넣으며 공중으로 도약해 올라갔다.

콰드드드등!

오러와 오러가 충돌을 일으키고 솟구쳐 올라가던 암브로시아 공작의 신형이 반대로 도로 튕겨지듯 떨어져 내려왔다.

"크윽! 네, 네놈은 누구냐?"

레오의 막대한 내공이 실린 오러에 의해 내부가 진탕되는 충격을 받은 암브로시아 공작은 하얗게 질린 안색으로 물었다.

"네놈이 나를 부르지 않았더냐!"

엑시온을 두르고 있는 레오의 얼굴을 보이지 않았다. 그러나 그의 우렁우렁한 목소리는 내공이 가득 실린 채 사방으로 퍼져 나갔다.

"누, 누구지?"

"맥스 베인 경이 저런 갑옷을 입었던데 말이야."

병사들이 수군거리는 소리가 들려왔다. 이미 어마어마한 격돌 때문에 병사들의 싸움은 멈춘 상태였고, 모든 이의 시선은 두 사람에게로 쏠려 있었다.

"맥스 베인… 네놈이 왜……?"

"후후후! 누가 맥스 베인이라고 하더냐. 네놈이 내 가짜를 만들어 왕궁으로 보내지 않았더냐. 바로 이 물건을 들고."

레오는 목에 걸려 있는 펜던트를 손에 쥐고 앞으로 내밀었다. 왕가의 문장이 그대로 양각되어 있는 펜던트는 햇빛을 받아 찬란한 은빛을 반사해 냈다.

"그건… 설마… 네놈이……!"

"맞다! 네놈이 내 펜던트를 가지고 장난쳤던 그 장본인, 나는 레오 대공이라 불리는 사람이지."

레오 대공이라는 말에 모든 이들이 경악에 찬 표정을 지어 보였다. 비록 소문의 주인공이기는 하지만 티엔마르의 후예이자 검공 막시밀리안 대공의 손자로 알려진 그다.

"최강의 기사… 레오파드 대공!"

"레오파드 대공이다!"

모두가 레오를 향해 경의에 찬 표정을 지어 보이는 것에 반해 암브로시아 공작의 얼굴은 참혹하게 일그러졌다.

"으득! 티엔마르의 후예라니……."

모든 전설의 선두에 서 있던 자가 티엔마르였다. 그의 무예는 나머지 전설들이 모두 합해도 막지 못한 무지막지한 강함이었다. 그리고 그 후예가 자신을 막기 위해 눈앞에 서 있는 것이다.

"놈은 혼자다! 모두 쳐라! 놈만 죽이면 끝이다!"

"명!"

쉐도우기사단의 기사들이 일제히 레오를 향해 밀려들어 갔다. 그들의 검에서 피어오르는 오러가 기세등등하게 공간을 가르며 쉐도했다.

"오라! 내 너희의 어리석음을 친히 징치할 것인즉!"

레오는 천마군림보를 극성으로 밟으며 표홀히 기사들의 공세 속으로 파고들어 갔다. 이미 파펠본 공작가의 기사들과 싸운 경험이 있는지라 난전에 어떻게 대처해야 하는지 충분한 경험이 있었다. 그것이 엄청난 자신감을 주었고, 아무런 머뭇거림 없이 검을 휘두를 수 있게 해주었다.

쎄에엑! 쉬쉬쉬쉭!

극성의 보법으로 인해 레오의 신형은 거의 눈에 보이지 않을 정도로 빠르게 기사단 사이를 누볐다. 막는 것은 베어내고 밀려드는 공세를 흘려내며 누비는 그의 움직임을 쉐도우나이트들은 감히 막아내지 못했다.

"삼 인 일 조로 막아라! 개진!"

쉐도우나이트들이 싸우는 것을 지켜보던 암브로시아 공작은 이를 갈아붙이며 외쳤다. 벌써 다섯 명의 기사가 레오의 검에 쓸려 나갔고, 그 죽어나가는 속도가 점점 더 빨라지고 있었다.

'합격진인가? 파펠본 공작가의 합격진보다는 훨씬 못한 수준이네.'

블루윈드, 즉 무당의 칠성검진을 해석하여 만들어졌던 파펠본 공작가의 합격진에 비하면 너무나도 조악했다. 방어와 공격을 나누는 수준에 그치는 그 합격진으로 레오의 발걸음을 막을 수는 없었다.

서걱! 까드드등!

선두에서 공격해 들어오는 기사의 오러를 피해 목을 벤 뒤 나머지 두 사람의 공세를 힘으로 찍어 눌렀다. 오러와 오러의 충돌이지만 엑시온의 도움을 얻은 레오의 힘은 오우거도 찢어놓을 정도로 막대한 거력이었다.

"크흑!"

"마, 말도 안 돼!"

기사가 검을 놓친다는 것은 곧 죽음이다. 손아귀가 찢겨져 나가며 검을 놓치자 그대로 레오의 검이 스치듯이 지나갔다. 그리고 소리도 지르지 못하고 쓰러지는 두 사람을 지나쳐 또 다른 합격진을 펼치는 자들에게 쇄도해 들어갔다.

"으으……."

암브로시아 공작은 기혈이 뒤틀리는 충격을 받은 상태였다. 이미 검붉은 선혈을 토해냈고 레오의 검술을 보자 점점 기가 질려가고 있었다.

'이대로는 필패다. 어떻게든 이 자리를 모면해야 하는데…….'

레오에 의해서 쉐도우나이트들은 전멸할 것이 분명했다. 어느 정도의 시간을 끌어줄지 모르지만 길어야 십 분도 되지 않을 것이다.

"빠, 빠져나가야 할 것 같습니다."

뒤에서 다가온 이게인 후작이 더듬거리며 말했다. 그의 눈에 보이는 전황은 암브로시아 공작에게 너무도 불리했다. 마스터로 이루어진 쉐도우나이트가 너무도 허망하게 레오에게 격살당하고 있는 것이 제일 큰 이유였다.

"나도 그렇게 생각하네. 영지로 돌아가야겠어."

영지로 돌아가기만 한다면 영지군과 휘하의 귀족군을 모아 반란을 이어갈 수 있었다. 비록 숫자에서는 밀릴지 몰라도 유니온의 도움을 얻는다면 얼마든지 상황을 되돌릴 수 있었다.

'간단하게 왕궁을 장악할 수 있다는 생각에… 내가 너무 안이하게 생각했군.'

뼈저리게 반성을 해보았자 전황을 뒤집을 방법은 이곳을 탈출하는 것뿐이었다. 막대한 돈을 들여 육성한 쉐도우나이트들을 잃는 것이 안타까웠지만 목숨을 잃는 것보다는 나을 것이다.

"이쪽으로 가시지요. 각 영지의 귀족들과 함께 텔레포트 스크롤로 빠져나가야 합니다."

이게인 후작은 혹시 모를 상황에 대비하여 텔레포트 스크롤을 준비해 두었다. 사용하지 않게 되기를 바란 물건이지만 지금 이 순간에서는 그 무엇보다 든든한 구명 수단이었다.

"서두르세. 쉐도우나이트들이 시간을 벌어주는 것도 잠깐일 테니."

"가시죠."

이게인 후작이 먼저 앞장서서 휘하의 귀족들에게 이동하고 그 뒤를 은밀하게 암브로시아 공작이 따라갔다. 그리고 그들이 모이자 텔레포트 스크롤을 찢으며 전장을 이탈하려고 했다.

휘익! 휘이익!

스크롤이 찢겨지기 전에 뭔가가 날아드는 소리가 암브로시아 공작의 귀에 들어왔다.

콰앙! 콰콰콰콰콰쾅!

엄청난 폭음과 함께 터져 나가는 폭발력에 암브로시아 공작과 그 일당은 휘청거리며 정신을 차릴 수가 없었다.

"어, 어서 찢게!"

암브로시아 공작은 폭발의 정체가 바로 마력탄이 터져 나가는 것임을 알았다. 하여 빨리 스크롤을 찢으라고 이게인 후작을 독촉했다.

"텔레포트!"

이게인 후작은 스크롤을 찢으며 구동어를 외쳤다. 그러나 어찌 된 영문인지 텔레포트 스크롤로 펼쳐지던 마법진은 중간에 사라지고 말았다.

"이, 이게 무슨 일이란 말인가!"

이게인 후작은 황망한 눈으로 반으로 찢겨진 스크롤을 쳐다보았다.

"후후후! 어리석은 자들 같으니."

"마력탄이 터진 자리는 마나의 배열이 어긋난다는 것을 모르는가!"

두 사람의 음성이 들리자 귀족들은 그 말소리가 들린 곳으로 시선을 돌렸다. 그곳에는 버나드 후작과 로열가드 단장이 싸늘한 안광을 발하며 서 있었다.

"역도들을 제압하라!"

모든 이의 시선이 레오와 쉐도우나이트들의 싸움에 쏠려 있었고, 그 사이를 이용하여 근위기사단의 기사들이 버나드 후작의 지휘를 받아 암브로시아 공작을 포위하고 있었다.

"으드득!"

암브로시아 공작은 레오와의 격돌에서 입은 내상으로 인해 사용할 수 있는 힘이 절반에도 미치지 못했다. 그런 실력이라면 두 명의 마스터를 이겨낼 수 없을 것이 자명했다.

'하지만 여기서 포기할 수는 없는 노릇!'

이를 앙다문 암브로시아 공작은 검집에서 천천히 검을 뽑아 들며 강렬한 안광을 폭사시켰다.

"오라! 결코 네놈들에게 당하지는 않으리라!"

"원하는 바요!"

버나드 후작은 주군인 프로렌스 7세를 향해 검을 뽑아 든 암브로시아 공작을 자신의 검으로 베어낼 생각이었다. 독한 마음을 먹은 그의 검에서 무시무시한 오러가 뿜어져 나왔다.

"차핫! 소드카이저!"

후아앙! 콰드드드드등!

레오의 검에서 만들어지는 거대한 오러의 검들이 강력한 소용돌이를 만들어내며 쉐도우나이트들을 향해 밀려 나갔다. 막아서는 모든 것들을 부수고 지나가는 태풍에 절반이 넘게 죽어나간 쉐도우나이트들은 죽음을 생각하며 검을 뻗어냈다.

"크아아악!"

"피, 피해라!"

비명이 난무하고 동료들에게 피하라고 외치며 죽어가는 자들의 단발마를 끝으로 검의 폭풍이 서서히 사그라졌다.

"후우……."

레오는 극심한 마나의 소모로 인해서 다리의 힘이 풀리며 잠깐 휘청거려야 했다.

"와아아아! 레오파드 대공이 승리했다!"

"프로렌스 왕국 만세! 레오파드 대공 만세!"

위대한 마스터의 승리를 지켜본 병사들은 병장기를 부딪치며 만세를 외쳤다. 그러자 반란군의 편에 서 있던 이들은 싸울 엄두를 내지 못하고 손에 들고 있던 무기를 떨어뜨렸다.

"병사들이여! 승리의 함성을 질러라!"

"우와아아아아아아!"

레오가 검을 치켜든 채 소리를 지르자 그에 화답이라도 하듯이 진압군 병사들은 우레와 같은 함성을 내질렀다. 그런 광경을 지켜보며 격동하고 있던 프로렌스 7세는 로열가드들의 호위를 받으며 레오에게 걸어왔다.

"그대가 레오파드 대공인가?"

뭔가 망설이는 듯한 음성에 레오는 신형을 틀었다. 그의 눈에 들어오는 한 사람, 바로 자신의 부친이자 프로렌스 왕국의 지존인 프로렌스 7세가 서 있었다.

"제가 레오파드입니다, 국왕 전하!"

"그, 그런가? 아까 그 펜던트를 보여줄 수 있겠나?"

부친인 국왕의 물음에 레오는 담담한 표정으로 펜던트를 내밀었다.

"아아……!"

프로렌스 7세는 자신의 아들일지도 모르는 레오를 보며 펜던트를 받아 들었다. 그리고 자신의 손에 들어온 쌍두 독수리 문장의 펜던트를 떨리는 손으로 움켜쥐었다.

고오오오!

모든 마나를 쥐어짜내 펜던트에 주입하자 이내 하얀 빛 무리와 함께 프로렌스 7세의 주위로 앱솔루트 실드가 둘러졌다.

"크윽……!"

답답한 신음 소리가 그의 입에서 터져 나왔다. 그리고 글썽거리는 두 눈으로 레오를 쳐다보았다.

"네가 내 아들이었더냐?"

레오는 그 물음에 가슴속 한편에서 일어나는 묘한 감정에 이를 앙다물었다.

"모릅니다. 그 펜던트를 아기 때부터 가지고 있었다는 것만 알 뿐입니다."

"나에게 얼굴을 보여줄 수 있겠느냐?"

프로렌스 7세의 부탁에 레오는 가슴 부위의 마나석에 손을 뻗으며 외쳤다.

"엑시온 해제!"

후웅! 차차차차착!

엑시온이 해제되고 레오의 얼굴이 드러나자 프로렌스 7세는 잃어버렸던 아들의 얼굴을 격동 어린 시선으로 살폈다.

"닮았구나. 네 얼굴은 그녀를 닮았어."

격정 어린 음성으로 그렇게 말하며 프로렌스 7세는 레오의 얼굴을 두 손으로 매만졌다.

"그런가요?"

너무도 짧은 대답이었지만 레오는 부친인 프로렌스 7세가 만지고 있는 손길에서 따스한 기운을 느끼고 있었다.

"나를 아버지라 불러주겠느냐?"

그의 부탁에 레오는 한동안 대답을 할 수 없었다. 그러나 스베인 국왕에게 그러했듯이 환하게 미소 짓는 얼굴로 말했다.

"아버지!"

"크흐흑! 그래, 내가 너의 아비다. 너의 아비."

프로렌스 7세는 레오를 두 팔로 끌어안으며 흐느꼈다. 잃어버렸던 아들을 되찾고 프로렌스 왕가에 어렸던 암운을 걷어낸, 그야말로 주신의 축복이 가득한 날을 그렇게 만끽하고 있었다.

Chapter **09**
절반의 성공

　잃어버렸던 아버지와 아들의 상봉을 목격하는 프로렌스의 백성들은 두 손을 들어 만세를 외쳤다. 잃어버렸던 자신들의 왕자가 바로 무적의 기사로 이름을 높이고 있는 레오파드 대공이기 때문이다.

　"버나드 후작을 도와줘야 할 것 같습니다."

　"그, 그래야지. 어서 가보거라."

　프로렌스 7세는 아직은 딱딱한 어조로 이야기하는 레오가 내심 안쓰러웠다. 하지만 강인하고 번듯하게 자라준 것이 고마웠다. 파도처럼 일렁이는 검날을 지닌 플랑베르주를 손에 든 채 레오가 버나드 후작과 싸우고 있는 암브로시아 공작에게로 쏜살같이 사라져 갔다.

"허허, 잃어버렸던 아들이 저렇게 성장하여 올 줄이야……. 주신이시여, 감사합니다."

그가 하늘을 우러러 감사의 인사를 하는 그사이 레오는 근위기사단과 치열하게 싸우고 있는 암브로시아 공작 일파의 귀족들에게 먼저 손을 뻗었다.

"티엔마르 핸드!"

천마장법이 펼쳐지고 그의 손에서 뻗어 나간 수십 줄기의 기류가 소용돌이치듯이 꿈틀거렸다.

"으헉! 피해라!"

"사, 살려줘!"

강맹한 기류가 덮쳐 오자 귀족들은 비명을 지르며 피하려 했다. 그러나 살아 있기라도 하듯이 방향을 틀어 피하려고 하는 귀족들에게로 기류가 쏟아져 들어갔다.

퍼엉! 퍼퍼펑!

순식간에 다섯 명의 귀족을 날려 버리자 근위기사들의 싸움은 너무나도 쉽게 흘러갔다. 몇 차례의 도움을 얻자 근위기사단의 일방적인 싸움으로 흘러갔고, 그 모습을 확인한 후 레오가 움직였다.

"버나드 후작님, 뒤로 물러나세요!"

"아, 알겠습니다."

버나드 후작은 레오의 신분을 들은 이후로 살짝 기가 죽은 모습을 보였다. 티엔마르의 진전을 잇고 막시밀리안 대공의 검술도 함께 이은 자. 레오파드 대공으로 불리는 살아 있는 전설이라면 검을 든 누구라도 기가 죽을 수밖에 없을 것이다.

쎄에에엑!

갑작스럽게 버나드 후작이 물러서고 그 뒤에서 강력한 기운이 자신을 향해 밀려드는 것에 암브로시아 공작은 급히 보법을 펼치며 최선을 다해 피해갔다.

콰드드드등!

지면에 충돌한 기운은 엄청난 폭음과 오러의 후폭풍을 만들어냈다.

"크윽!"

후폭풍에 잠깐 휘말렸음에도 엄청난 마나의 파편에 고스란히 얻어맞고 휘청거렸다.

"이제 네놈만 남았다. 항복한다면 목숨을 부지할 수 있을 것이다."

레오는 검으로 암브로시아 공작을 겨눈 채 항복을 권했다. 여전히 유니온은 각국을 암적으로 좀먹고 있었고, 갤러헤드 공작은 제국을 손아귀에 넣기 직전으로 알려졌다. 한 사람의 힘이라도 구하고 싶은 마음에 하는 항복 권유였다.

"닥쳐라! 내 네놈만은 어떻게든 죽이고 말 테다!"

암브로시아 공작은 분노와 광기를 동시에 드러내며 으르렁거렸다. 모든 것을 이루었다고 여기던 순간 비참하게 나락으로 떨어져 내렸으니 그가 느끼는 분노는 그 어떤 이의 분노보다 크고 강렬하리라.

"원킬 소드 일루전!"

암브로시아 공작의 검이 기묘한 움직임을 보이며 레오를 향해 밀려들었다. 투로를 따라 움직이는 암브로시아 공작의 신형이 여러 갈래로 나눠지며 극성에 이른 환검술을 만들어 냈다.

'극쾌의 검술을 더욱 발전시킨 형태인가?'

암브로시아 공작이 만들어낸 환영은 환영이 아닌 진체였다. 너무도 빠른 움직임을 보이기에 눈에는 그것이 환영으로 느껴질 뿐이다.

카앙! 카카카캉!

허공에서 무수하게 튀어 오르는 불꽃은 오러끼리 충돌하며 만들어진 오러의 파편이었다. 그것들은 사방으로 퍼져 나가며 주위를 폐허로 만들기 시작했다.

"물러나라!"

"방패로 막아!"

귀족들을 제압한 근위기사들에게 버나드 후작이 소리를

질렀다. 그리고 오러로 인해 다치는 자들이 없는 것을 확인한 후 두 사람의 싸움에 다시 시선을 집중했다.

"잘 보아라! 최강 기사들의 전투다! 다시는 보지 못할 기회임을 명심하도록!"

버나드 후작은 그렇게 외치며 레오의 패도적인 검술과 암브로시아 공작이 펼치는 극쾌와 환검이 섞여 있는 검술의 격돌을 지켜보았다.

'가르고 들어간다!'

레오의 검이 강력한 힘을 바탕으로 하는 패검식을 선보이며 무수한 환영을 가르며 들어갔다. 그 압도적인 힘 앞에 쾌와 환은 무의미한 몸짓이 되어버렸다.

"으드득!"

암브로시아 공작은 자신을 향해 밀려드는 거력이 담긴 검세에 이를 앙다물며 보법을 펼쳤다. 빠르기라면 누구에게도 뒤지지 않을 경신법을 가진 그다.

피릿! 피피피피핏!

무수히 생성되는 암브로시아 공작의 환영들이 지켜보는 이들의 눈을 어지럽게 만들었다. 그러나 하나둘씩 깨어져 나가는 환영들은 레오의 검에 휩쓸려 허깨비가 사라지듯이 모습을 감췄다.

'훗! 패턴만 파악하면… 그때는 그런 장난도 하지 못할

게다!'

레오는 암브로시아 공작이 자신의 검세를 피해내며 미꾸라지처럼 빠져나가는 것에 미간을 좁혔다. 검술과 마나는 상대가 되지 않는 암브로시아 공작이지만 그의 움직임은 이전의 그 어떤 상대와도 비교할 수 없었다.

'그렇군. 내가 만들어내는 검세에 반응하여 몸이 움직인다는 건가?'

암브로시아 공작의 보법은 미세한 바람에도 반응을 보이며 뒤로 물러섰다. 그것은 패검식이 만들어내는 풍압으로 인해 더욱 기기묘묘한 움직임을 보였다.

'방법은… 오직 하나!'

레오는 미꾸라지처럼 빠져나가며 어느 순간 틈을 노리고 반격해 들어오는 암브로시아 공작을 향해 뻗어가던 검을 회수했다.

"홋!"

암브로시아 공작은 갑작스런 검식의 중단에 바람을 타고 움직이다 흠칫했다.

"지금이다!"

레오는 티엔마르가 남긴 검술 중에서 가장 빠른 극쾌의 검술을 펼쳤다. 폭발적으로 뻗어 나오는 마나를 이용하여 지면을 박찬 그의 신형이 수십 개가 넘는 잔상을 남기며 공간을 축약하듯이 뻗어 나갔다.

"크윽!"

허공에 그려진 단 하나의 선이 점에서 시작하여 점으로 이어졌다. 도저히 반응을 할 수 없는 그 선이 눈 깜짝할 사이에 암브로시아 공작의 이마를 뚫고 지나갔다.

"이… 이건……."

"그대의 검만 빠른 것이 아니야. 세상에는 나보다 빠른 검술을 펼치는 자들이 더 있을지도 모르지."

레오의 말에 암브로시아 공작은 가물거리는 시야를 붙잡으며 말했다.

"그대의 검술은… 최고였다. 영광……."

마지막 말을 남기고 그대로 뒤로 넘어지는 암브로시아 공작의 이마에서 붉은 선혈이 뿜어져 나왔다. 눈도 감지 못하고 죽은 공작을 보며 레오는 욕망에 몸을 던진 사람의 최후를 보는 것 같아 씁쓸한 마음을 금할 수가 없었다.

"와아와! 레오 대공께서 승리하셨다!"

"레오 대공 만세! 프로렌스 왕국 만세!"

병사들이 함성을 내지르며 병장기를 부딪쳐 소리를 냈다. 그들이 규칙적으로 내는 소리는 바로 심장이 울리는 리듬과 같았고, 그것은 더욱 뜨겁게 심장을 달구며 왕궁의 정원을 메워갔다.

"큭! 암브로시아 공작마저 무너진 건가? 공작 전하께 서둘러 보고를 올려야겠군."

레오가 검을 치켜들며 병사들의 환호에 답하는 그 순간 왕궁의 한편에서 사태를 지켜보던 한 사람이 은밀하게 왕궁을 빠져나갔다.

"그렇게 살아왔구나. 이 아비가 못나서 네가 고생을 했구나. 정말 미안하구나, 미안해."

프로렌스 7세는 레오의 손을 잡고 눈시울을 적셨다. 레오파드에게 구원을 받은 뒤 막스 노인들에게 다시 구함을 받고 이때까지 살아 온 이야기를 듣고 난 후 보인 반응이다.

"아닙니다. 좋은 할아버지들 덕분에 너무도 과분한 사랑을 받았으니까요."

레오가 희미한 미소를 지으며 말하는 것에도 프로렌스 7세는 고개를 저었다. 부모의 사랑과 어찌 비교할 수 있겠냐는 미안한 마음이 담겨 있었다.

"아참, 이제 어떻게 할 생각이더냐? 늦었지만 너의 자리를 찾아야 하지 않겠느냐."

레오는 부친의 말에 잠깐 말을 못하다가 자신의 생각을 이야기했다.

"유니온이라는 것을 아십니까?"

"유니온? 으음, 암브로시아 공작이 속해 있는 단체라고 들었다. 옛날 전설의 던전을 발굴했던 가문들이 만든 단체라고."

"그렇습니다. 저 역시 티엔마르의 진전을 이었는데 막스 할아버지들께서 발굴하셨죠."

"다행이라 생각한다. 네가 그 티엔마르의 전설을 이어서 말이다."

"제 생각이지만 그 전설들이 남긴 비급을 회수할 생각입니다. 그렇지 않으면 언제든 이런 일이 다시 벌어질 수 있으니까요."

생각해 보면 무척이나 놀라운 힘이 아닐 수 없었다. 한 나라에 두세 명도 없는 마스터를 찍어내듯이 키울 수 있는 비급이라는 것이 지닌 파급력은 상상을 초월할 것이다.

"꼭 네가 해야 하는 것은 아니지 않더냐?"

레오가 강한 것은 알고 있다. 하지만 적들은 두 제국을 기반으로 역모를 꾸미고 있는 강대한 세력을 가진 자들이다. 그들의 제국을 차지하기라도 한다면 레오가 너무 어려운 싸움을 해야 한다. 그것이 염려스러워 만류하는 듯한 말로 돌려서 이야기를 건넸다.

"제가 하지 않는다면 그 누구도 하지 못할 겁니다. 그리고 막스 할아버지들의 유언이기도 하구요."

"그렇구나. 유언이라……."

아기 때부터 레오를 키워준 막스밀리안 대공과 그 의형제들이다. 그들이 남긴 유언이라면 레오가 따라야 하는 것이 옳은 일이다.

"전하, 신 루인 백작이옵니다!"

두 사람의 자리를 방해하지 말라는 어명을 내려놓은 상황이다. 그럼에도 저리 급하게 찾아온 것을 보면 뭔가 큰일이 벌어졌음을 의미했다.

"들라!"

대답이 끝나기가 무섭게 안으로 들어오는 중년의 귀족은 상당히 놀란 표정이 역력했다.

'설마 반란인가?'

암브로시아 공작이 죽었다지만 그가 있는 영지는 아직 수습되지 않은 상황이다. 그의 자식들을 주축으로 반란을 일으킨다면 내전이 벌어질 수도 있었다.

"급한 보고가 있어 무례를 범했습니다."

"괜찮다. 보고하라."

"네, 전하!"

프로렌스 왕국의 정보부를 담당하고 있는 루인 백작은 긴급으로 들어온 내용을 보고했다.

"반란이 일어났습니다."

"으음, 역시 그러한가?"

"암브로시아 공작가를 주축으로 동북부의 대영주들이 반란에 참여하기로 했다는 보고입니다."

"예상되는 반란군의 숫자는 어느 정도인가?"

국왕의 물음에 정보부의 수장답게 빠르게 적의 규모를 이야기했다.

"암브로시아 공작가가 5만, 이게인 후작가가 2만입니다. 그를 따르는 소소한 영지군을 합치면 13만 정도에 이를 것으로 추측되옵니다."

"13만이라……. 허어, 많군."

13만에 달하는 반란군이 움직인다면 프로렌스 왕국은 커다란 타격을 입을 수밖에 없었다. 그것이 염려스러운 프로렌스 국왕은 미간을 모은 채 입술을 질겅질겅 깨물었다.

"그리고 해외 파트의 보고가 들어왔습니다."

"해외 파트? 다른 나라에서 움직이는 것인가?"

"그건 아니옵고, 나이츠 제국과 루퍼트 제국에서 반란이 일어날 조짐이 있다고 하옵니다."

"두 제국이? 허허! 유니온의 행동이 시작된 것이로군."

"그렇사옵니다. 그대가 생각하기에 두 제국은 어떻게 될 것으로 보이는가?"

국왕의 물음에 잠깐 생각을 정리한 루인 백작이 짧게 대답했다.

"루퍼트 제국은 반란이 성공할 것으로 보입니다. 나이츠 제국은 반반이옵니다."

"그 이유는?"

"루퍼트 제국은 이미 갤러헤드 공작에 의해서 좌지우지되는 곳이었습니다. 하오니 황제가 언제 갈릴 것인지가 관건이었을 뿐이옵니다. 하오나 나이츠 제국은 기사의 나라라는 별칭대로 강력한 기사들이 많은 곳이옵니다. 아무리 전설의 힘을 얻었다고 해도 쉽게 뒤집을 수는 없을 것이옵니다."

"짐도 그렇게 생각한다. 이것 참, 아국의 위기도 극복해야 하는 판에 다른 나라에 관심을 둘 여유가 어디 있다고 이러는지……. 짐도 참 한심스러운 군주야. 안 그런가?"

"아, 아니옵니다, 전하!"

루인 백작이 깊게 허리를 숙이며 국왕에게 물었다.

"반란군 토벌을 위한 회의를 열어도 되겠사옵니까?"

"회의라……. 그렇게 하라. 짐도 바로 갈 것이다."

"충! 명을 받자옵니다."

루인 백작이 총총걸음으로 집무실을 빠져나가자 프로렌스 7세는 레오를 바라보며 뭔가 말하려다 입을 굳게 다물었다.

"저의 힘이 필요하시면 언제라도 말씀하세요. 그렇게 미안해하지 않으셔도 되니까요. 후후!"

"그래도 미안한 것은 어쩔 수 없구나. 너도 아비를 따라 대전으로 가겠느냐?"

부친의 물음에 레오는 찬찬히 고개를 끄덕였다. 어차피 반란을 일으킨 자들을 제압해야 비급을 회수할 수 있는 상황이다. 그런 상황이라면 주도적으로 움직여야 했다.

탕탕탕!

"위대한 프로렌스의 주인이신 프로렌스 7세 전하와 레오파드 대공께서 드십니다!"

대전에 모여서 웅성거리고 있는 귀족들은 시종장의 외침에 자세를 바로 하고 왕이 들어오는 것을 보았다. 정확하게는 암브로시아 공작을 죽이고 왕궁의 반란을 제압한 레오를 보려 하는 것이다.

"전하를 뵈옵니다!"

"모두 수고가 많소."

귀족들의 인사에 국왕이 답하는 식의 짧은 인사가 끝나자 모두의 시선이 보좌 아래 서 있는 레오에게로 쏠렸다.

"흐흠! 경들도 알겠지만 짐의 장자이자 검공 막시밀리안 대공의 진전을 이은 이 나라 프로렌스의 왕자 레오요."

"경하드리옵니다, 전하!"

"왕자님을 찾으셨음에 하례드리옵니다!"

귀족들은 레오를 이 나라의 왕자로 받아들였다. 막강한 실력과 검공 막시밀리안의 후예라는 명성, 그리고 티엔마르의 전설을 이은 자가 왕자라 하니 반대하는 자는 단 한 명도 찾아볼 수 없었다.

"왕자도 한마디 하거라."

"제가요? 흠! 그러죠."

레오는 자신이 할 말이 뭐가 있을까 싶었지만 프로렌스 왕국의 귀족들과는 처음으로 대면하는 자리였다.

"부왕 전하의 소개대로 레오파드입니다. 프로렌스의 기둥인 여러 귀족들을 만나게 되어 기쁘게 생각합니다. 앞으로도 이 나라와 왕가를 위해서 많은 도움을 부탁드리겠습니다."

레오가 짧게 말을 마치고 가볍게 고개를 숙이자 귀족들이 일제히 허리를 접으며 외쳤다.

"왕자 저하를 뵈옵니다!"

귀족들의 인사가 모두 끝나자 국왕은 손을 들어 올리며 귀족들을 제지했다. 그러자 모두가 행동을 멈추고 국왕인 프로렌스 7세에게로 시선을 모았다.

"루인 백작은 암브로시아 가문의 반란에 대해 발표하라!"

"충! 명을 받자옵니다."

루인 백작은 국왕의 명령에 신형을 빙글 돌려 여러 귀족들을 바라보며 암브로시아 공작가를 위시해 그들을 따르는 서

북부의 귀족들이 일제히 반란을 일으켰음을 알렸다. 그 인원이 13만에 이를 것으로 추정되고 한시라도 빨리 토벌군을 움직여야 함도 상기시켰다.

"신 공작 길버트, 진언을 드리고자 하옵니다."

"말하시오, 길버트 공작."

왕궁에서의 반란을 제압하고 난 후 왕성으로 입성한 길버트 공작은 프로렌스 왕국의 3대 공작 중의 하나로 남부의 대영주였다. 북서부를 아우르는 암브로시아 가문에는 미치지 못하지만 프로렌스 왕국에서 두 번째로 큰 세력을 이끄는 공작이었다.

"벤슨 공작가와 신의 가문이 영지군을 이끌고 올라간다면 너무도 시간이 오래 걸리는 탓에 먼저 중앙군을 움직여야 할 것으로 사료되옵니다."

"중앙군을 먼저 보내자는 소리요?"

"그러하옵니다, 전하."

중앙군을 보내서 토벌하자고 말하는 길버트 공작을 보며 프로렌스 7세를 인상을 찡그렸다. 나라는 어떻게 되든 말든 자신들의 세력과 권력만 유지하면 된다는 듯한 말이기 때문이다.

저런 자들 때문에 암브로시아 가문이 왕위를 위협할 때도 대책 없이 밀리기만 했음을 상기하자 가슴속에서 열화 같은 분노가 치밀어 올랐다.

"신의 생각도 길버트 공작 각하와 같사옵니다. 우선 중앙군으로 토벌군을 조직하여 보내고 귀족군은 집합하는 대로 뒤를 받치는 것이 맞다 사료되옵니다."

"신도 길버트 공작 각하의 뜻에 동의하옵니다."

"통촉하여 주시옵소서, 전하!"

남부의 귀족들이 일제히 중앙군을 움직여 토벌하라고 주청했다. 그들은 귀족군을 움직여 막으려 한다면 시간상으로 너무 늦다는 명분으로 나오니 프로렌스 7세의 분노 어린 시선에도 당당할 수 있었다.

"부왕 전하, 제가 발언을 해도 되겠습니까?"

"말하거라."

프로렌스 7세는 스베인 왕국에서 일어났던 반란을 막았던 전력을 떠올리고 기대에 찬 눈빛으로 레오에게 발언권을 주었다.

"서쪽의 스베인 왕국을 막는 병력은 얼마나 되는지 알고 싶군요."

"스베인 왕국과의 국경에 배치된 병력은 5군단으로 5만의 정병으로 구성되어 있사옵니다, 저하!"

루인 백작이 대답하자 레오는 알겠다는 듯이 고개를 끄덕이며 말했다.

"스베인의 공격은 없을 것이니 5군단으로 공격하게 하십시오. 그리고 남쪽에는 중앙수비군이 있을 것이니 그들로 하여금 북진하게 하면 됩니다. 아! 그리고 나이츠 제국과 국경을 맞대고 있는 중앙군도 이동시켜도 될 것입니다."

"왕자, 그것은 안 될 말이다. 나라의 국경을 비우고 반란을 토벌하러 보내다니……."

"후후! 어차피 나이츠 제국도 반란이 일어날 거라 들었습니다. 그것을 막으려면 침공은 꿈도 꾸지 못할 겁니다. 안 그렇습니까?"

"그건 그렇지만……."

"국경이 걱정스러우시면 귀족군을 국경으로 보내 지키게 하면 됩니다. 남부의 귀족군은 서부로 이동시켜 막고 동부의 귀족군은 중앙군이 빠져나간 자리를 지키게 하면 됩니다."

"으음, 왕자의 말이 틀리지는 않다만……."

중앙군의 피해가 커지면 자칫 남부와 동부의 공작가들이 제2의 암브로시아 공작가가 될까 그것이 염려스러웠다.

"일하지 않는 자 먹지도 말라는 말이 있다 들었습니다. 그러니 반란을 토벌하는 데 중앙군으로만 해낸다면 서부와 북부의 영지는… 모두 중앙군 출신의 귀족들에게 하사하시면 됩니다. 어차피 나라의 위기에 국경을 지키기만 하면 되는 남부와 동부의 귀족들은 일하지 않는 것과 마찬가지이지 않겠습니까?"

레오의 말에 국왕은 중앙군만으로 반란을 진압할 수 있을 것인지 생각해 보았다.

"중앙군 세 개 군단이 움직인다면 13만 정도의 영지연합군은 금세 진압할 수 있습니다. 그리고 제가 그들의 수뇌부만 휘저어놓아도 병사들은 금세 흩어버릴 수 있을 것이고요."

자신있게 말하는 레오를 보며 프로렌스 7세는 괜찮은 의견이라 생각했다.

"하하하! 왕자의 말을 들으니 짐도 든든하구나. 그래, 알았다. 왕자의 말대로 중앙군을 움직여 반란군을 막도록 하지. 대신 그들이 자리를 비우는 국경은 길버트 공작을 비롯한 남부와 동부의 귀족들이 연합군을 조직하여 대비하도록 하라!"

국왕이 명령을 내리자 길버트 공작은 서둘러 발언권을 청했다.

"전하, 신이 발언권을 청하옵니다."

"공작이? 말하시오."

"신의 뜻은 그런 것이 아니었사옵니다. 시간상 늦을 것이니 먼저 중앙군을 움직여 막고 뒤늦게 합류하는 영주들의 군대로 하여금 완전하게 반란군을 토벌하자는 것이었사옵니다. 어, 어찌 중앙군만으로 반란군을 토벌하자고 했겠사옵니까. 신들의 군대를 조속히 출전시켜 반란군을 토벌하겠나이다! 통촉하여 주시옵소서!"

"소, 소신들의 뜻도 가, 같사옵니다."

길버트 공작은 중앙군만으로 토벌을 이룬 뒤 군벌 귀족들에게 반란군의 영지를 하사하겠다는 말에 서둘러 말을 바꿨다.

남반구에 속하는 프로렌스 왕국은 남쪽으로 갈수록 추워지는 구조이기에 북부의 땅이 훨씬 기름지고 농사지을 수 있는 여건이 좋았다. 그런 땅을 군벌 귀족들이 갖게 된다면 남부의 귀족들은 영원히 북부의 귀족들에게 밀릴 수밖에 없었다.

"기각한다. 경들은 처음 경들이 말한 대로 행하라. 왕자는 명을 받들라!"

국왕이 자리에서 일어서서 외치자 레오는 입꼬리를 말아 올리며 국왕의 앞에 섰다.

"말씀하십시오."

"루퍼트 제국의 대공이자 본 왕국의 왕자인 레오파드 폰 프로렌스에게 짐이 명하노라! 왕자는 중앙수비군 1군단을 이끌고 출전하여 감히 이 나라의 안위를 위협하는 반란의 무리를 쓸어내도록 하라!"

"명을 받들겠습니다."

레오가 기사의 예를 갖추며 대답하자 졸지에 국경 수비를 전담하게 된 영주들은 똥 씹은 표정이 되어 같이 고개를 숙여야만 했다.

"으아아아!"

비명을 지르며 거한의 품에 안겨 허공을 날아가는 레이놀즈는 속이 울렁거리는 것에 금방이라도 토할 것처럼 발버둥쳤다.

"아, 그 새끼 참. 조용히 안 할래?"

망토를 펄럭이며 날아가고 있는 탈란은 작은 주인인 레오를 찾아 눈에 힘을 주며 말했다. 그의 협박에도 레이놀즈는 비명을 그칠 생각이 없는지 고래고래 소리를 질러댔다.

"으아아! 너무 빠르단 말입니다! 빨라요, 빨라!"

"호호호! 그렇기는 하다만… 아! 저기 계시는군. 가자!"

탈란은 망토에 더욱 강력한 마나를 불어넣으며 허공을 가르며 날아갔다.

휘익! 차착!

투문이 은은한 빛을 발하는 늦은 밤의 왕궁 정원에 내려앉은 탈란은 레오의 앞에 정확히 착지했다.

"호호! 작은 주인님, 그간 잘 지내셨습니까!"

탈란은 레오의 전신을 훑어보며 어디 상한 구석은 없는지 빠짐없이 살폈다.

"후후! 어서 와."

탈란의 반가운 얼굴을 보게 되자 레오는 환한 미소를 지어 보였다. 이전의 그 어떤 때보다 환한 그 미소에 탈란은 한쪽 입꼬리를 말며 물었다.

"아버지를 만나니 좋은가 봅니다."

"그러게. 아직은 잘 모르겠지만 가슴 한편이 따뜻해지는 느낌이 들더라고. 후후후!"

"그럴 겁니다. 가족보다 소중한 것은 없으니까요."

"하아, 하아! 마스터를 뵙니다."

레이놀즈는 격한 숨을 몰아쉬며 자신도 있음을 레오에게 알렸다.

"후후! 어서 와."

"저기… 그런데 왜 급하게 레이놀즈를 데리고 오라고 하신 겁니까? 엑시온 생산 때문에 열심히 일하고 있는 애를 말입니다."

탈란은 엑시온을 생산하여 만약의 사태에 대비하기 위해서 필사적으로 노력했다. 마기온의 개량에 전적으로 참여하여 엑시온으로 탄생시킨 것이 탈란이었기에 그 애착은 상당했다.

"부탁할 일이 있어서 불렀어."

"부탁이요? 무슨 일을 부탁하려고 그러십니까?"

탈란은 왕국 하나를 가로질러 오느라 엄청난 마나를 소모해야 했다. 텔레포트 마법을 허용 횟수에 달할 때까지 펼치고 프로렌스 왕성에 들어와서는 남의 이목에 걸리지 않도록 허공을 날아오는 수고를 했다.

"데스나이트를 만들 생각이야."

"네? 그게 정말이십니까?"

탈란은 데스나이트를 만들겠다는 레오의 말에 의아함이 앞섰다. 레오는 비록 보우마 노인이 남긴 흑마법을 인정하기는 했지만 그것을 사용하는 것을 극도로 꺼렸다. 하여 마법사용 마기온을 기사용 엑시온으로 개량하는 것 외에는 레이놀즈 등에게 다른 일은 시키지 않고 있었다.

"내가 암브로시아 공작을 죽인 것은 알지?"

"그야 알고 있습니다만."

"그자와 그 수하들의 영혼을 잡으면 데스나이트로 만들 수 있지 않겠어?"

레오의 말에 레이놀즈의 눈에 이채가 감돌았다. 마스터의 영혼과 계약을 하면 그 즉시 마스터급의 데스나이트가 탄생하게 되는 것이다. 그리고 그 주인은 계약의 당사자인 자신이 되는 것이니 흑마법사로서 이보다 더 좋은 기회가 또 있을까 싶었다.

"그를 데스나이트로 만들려는 이유가 있는 겁니까?"

"물론이지."

"뭔지 말씀을 해주시겠습니까? 작은 주인님께서 흑마법으로 데스나이트를 만들려 하시니 그 이유가 심히 궁금하군요."

"간단해. 암브로시아 공작을 데스나이트로 만들어야 그가 비급을 숨긴 곳을 알 수 있으니까."

"아! 그런 이유가 있었군요."

"거기다 반란을 일으킨 그 자식들을 제압하는 것에도 쓸모가 있을 것 같거든."

"흐흐흐! 알겠습니다. 그런 이유라면 얼마든지 도와드려야죠. 레이놀즈, 찾아라!"

"넵!"

레이놀즈는 충직한 수하처럼 짧고 굵게 대답한 후 흑마법을 시전했다.

"아! 잠깐만!"

"네? 왜 그러시는지……?"

레이놀즈는 마법을 시전하려다가 급히 멈췄다. 그러자 레오가 씨익 웃으며 마법을 중단시킨 이유를 이야기했다.

"내가 이 자리에 있으면 데스나이트가 되려고 하겠어?"

"아! 그렇군요."

"그런 거야. 영혼의 상태라고 해도 나에 대한 분노로 계약을 하지 않으려 하겠지. 그러니까 이렇게 하도록 해."

레오가 뭔가를 속삭이듯이 말하자 레이놀즈와 탈란은 정말 사악한 주인이라는 생각에 살짝 몸을 떨어야 했다.

"알았지?"

"명심하겠습니다, 마스터!"

레이놀즈는 그 방법 외에는 계약할 수 있는 방법이 없다고 판단하고 레오가 자리를 비울 때까지 기다렸다. 레오의 모습이 완전하게 사라지자 그때 마법을 시전했다.

"이 세상을 떠도는 영혼이여! 어둠의 마나를 지배하는 자, 나 레이놀즈의 이름으로 그대들을 청하노라!"

레이놀즈가 흑마력을 일으키자 음습한 기운이 그에게서 퍼져 나오며 금세 왕궁의 정원 땅속에서 무수히 많은 영혼들이 솟아나왔다.

"호오, 정말 많은 영혼들이로군요."

레이놀즈는 죽은 지 얼마 되지 않는 영혼들이 일어나자 놀라움에 눈을 치켜떴다.

"강력한 힘을 지닌 영혼을 찾아. 나머지는 그대로 소멸시켜야 하니까."

탈란은 수천이 넘는 영혼 중에서 강력한 힘을 지닌 영혼을 찾았다. 그러자 강력한 사기를 흩뿌리며 괴성을 지르는 영혼을 찾을 수 있었다.

'저놈이로군.'

탈란은 레이놀즈의 등을 한 차례 친 후 사기를 풀풀 흩뿌리고 있는 한 영혼을 가리켰다.

바로 죽은 지 하루가 지나지 않았음에도 지독한 사기와 기이한 기운을 흘리고 있는 암브로시아 공작의 영혼이었다.

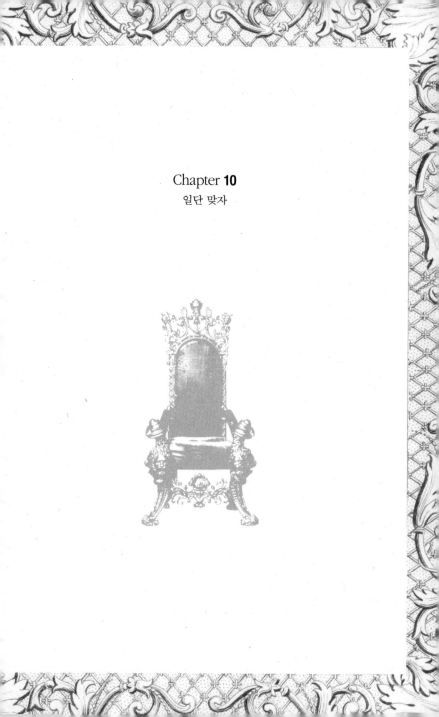

Chapter 10
일단 맞자

　암브로시아 공작의 영혼은 마이너스의 기운을 지닌 흑마
력에 의해 깊은 잠에서 깨어났다. 극도의 분노를 담고 죽은
그의 영혼은 사계로 넘어가지 못하고 땅속에 스며들어 잠이
들고 말았다.

　그런 그의 잠은 하루도 되지 못해서 방해를 받은 것이니 그
분노가 자신을 깨운 자에게로 투사되었다.

　―찢어 죽이리라! 나의 영면을 방해한 자에게 죽음을!

　영혼의 상태임에도 생전의 모습 그대로 검을 든 채 달려가
는 암브로시아 공작의 영혼은 일도양단의 기세로 레이놀즈를

내려쳤다.

스룻!

베어지는 느낌이 전혀 없이 레이놀즈의 몸을 투과해 버리는 검에 더욱 분노를 토해내며 소리를 질렀다.

―으아아아! 죽인다! 죽인다! 죽여 버리겠다!

수십 번이 넘는 칼질을 레이놀즈에게 퍼붓는 암브로시아 공작의 영혼이었지만 그의 의도는 그냥 의도일 뿐, 그 어떤 피해도 레이놀즈에게 끼치지 못했다.

"다 했나?"

레이놀즈의 옆에 서 있던 탈란이 말했다. 마계의 귀족이었던 탈란인 만큼 그의 흑마력은 레이놀즈에 비교할 바가 아니었다.

―으으… 네, 네놈은 누구냐!

여전히 생전의 권위를 믿는 것처럼 암브로시아 공작은 버럭 소리를 지르며 탈란에게 다가갔다.

"어리석은 놈! 이리 오라!"

탈란이 손을 내밀자 기이한 기운이 움직이며 암브로시아 공작의 영혼을 끌어당겼다.

―끄륵… 커어억!

영혼을 손아귀에 잡은 탈란은 흑마력을 일으켜 그의 영혼에 타격을 주었다. 영혼이 파괴되어 가는 고통에 몸부림을 치는 암브로시아 공작은 고통 중에도 탈란의 입술 사이로 드러나는 뾰족한 송곳니를 볼 수 있었다.

"나 마계의 귀족이자 뱀파이어들의 로드인 탈란 아스란데르 카테그론의 권위에 대항하려 하느냐!"

―으으! 요, 용서를…….

영혼이 된 자신의 상태를 익히 알고 있는 암브로시아 공작은 마계의 귀족이자 마족인 탈란의 권위에 굴복했다.

"나는 나의 검이 될 자를 찾아 이곳에 왔다. 너의 복수를 도와줄 테니 나의 종이 되겠느냐?"

탈란이 극도의 흑마력을 끌어 올리며 암브로시아 공작의 영혼을 압박했다.

―보, 복수를 도와준다는 말이 정말입니까?

"물론이다."

복수를 도와준다는 말에 암브로시아 공작은 끓어오르는 분노를 다시 한 번 강렬한 사기를 뿜어내는 것으로 드러냈다. 하지만 영혼의 상태라고 해도 마족의 종이 되는 것은 그리 탐탁지 않았다.

―내가 당신의 종이 되면 어떻게 되는 겁니까?

"데스나이트가 되어 언데드 군단의 지휘관이 될 것이다."

―으음.

언데드 군단의 지휘관이 될 거라는 말에 약간은 솔깃했다.

또 데스나이트가 된다면 영원히 살게 되는 것일 수도 있으니 어떤 의미에서는 나쁘지 않다는 생각도 들었다. 불사의 몸이 되어 검의 극의를 깨달을 수도 있다는 점도 무척이나 끌렸다.

"나와 계약을 하겠느냐?"

—그렇게 하겠습니다. 대신 나의 복수를 도와주셔야 합니다.

"그렇게 하겠다. 레이놀즈!"

"네, 탈란님."

"저자와 데스나이트의 계약을 맺도록."

"명을 받들겠습니다."

레이놀즈가 대신 나서는 것에 의아한 암브로시아 공작의 영혼이었지만 마계의 마족이 거짓말을 하지는 않을 거라는 믿음으로 레이놀즈와 계약을 맺었다.

"태고의 맹약에 따라 나 어둠의 마나를 지배하는 자 레이놀즈가 마병 카드나흐의 권능에 기대어 묻노니 그대 암브로시아는 데스나이트의 맹약을 맺겠는가?"

레이놀즈가 흑마력으로 이루어진 역오망성의 마법진을 만들어내며 물었다. 그의 물음에 역오망성의 가운데 서 있던 암브로시아 공작의 영혼이 기사의 예를 취하며 대답했다.

—나 검의 주인 암브로시아는 그 맹약에 따르겠습니다.

암브로시아 공작의 영혼이 맹약을 맺겠다고 하자 역오망

성에서 엄청난 흑마력이 터져 나왔다. 그리고 그 흑마력은 어둠의 찬란한 빛을 뿜어냈다.

후우우우웅! 화르르르르릇!

흑마력이 암브로시아 공작의 영혼을 휘감고 암흑의 기운을 풍기는 어둠의 존재로 변모시켜 갔다.

"이것이 너의 몸이 될 것이다!"

레이놀즈는 엑시온의 완성 직전의 단계인 갑옷을 꺼내 마법진 위에 내려놓았다. 마나석과 마법진만 설치된다면 완전한 엑시온이 될 갑옷들은 투구부터 부츠까지 완벽하게 일체형으로 이루어진 모습이다.

고오오오오!

어둠의 존재가 갑옷에 안착하는 광경은 상당히 그로테스크한 장면을 연출해 냈다. 비어 있는 갑옷들이 공중으로 떠오르며 하나씩 착용되는 광경은 갑옷이 살아 움직이는 듯했다.

스팟!

강렬한 빛이 투구의 눈 부위에서 터져 나왔다. 피처럼 붉은 안광이 줄기줄기 흘러나오고 강력한 사기가 광망이 되어 퍼져 나갔다.

—마스터를 뵙니다!

암브로시아 공작은 레이놀즈와 이 계약을 통해 완벽하게 데스나이트로 되살아났다. 그 때문인지 레이놀즈를 자신의 주인으로 여기고 충직하게 기사의 예를 취했다.

"잠시 대기하도록. 생전 너의 수하들도 거둬들여야 하니까 말이야."

레이놀즈가 쉐도우나이트였던 자들의 영혼까지 데스나이트로 만든다는 소리에 암브로시아는 자리를 털고 일어서며 말했다.

―제가 그들을 설득하겠습니다. 맡겨주십시오, 마스터.

"호오, 알았다. 너에게 맡기도록 하지."

레이놀즈는 암브로시아가 다른 이들의 영혼까지 데스나이트로 만드는 것을 설득한다고 하자 묘한 눈빛을 지으며 허락했다.

'나중에 어떤 상황이 될지 나도 모르겠다. 에효.'

레이놀즈는 이 사기극의 끝이 어떤 결말로 나타날지 상당히 궁금했다. 사상 초유로 데스나이트들이 맹약을 깨고 영혼의 소멸에 이르게 되는 사태가 벌어질 수도 있을 것 같았다.

"다 됐어?"

레이놀즈가 마지막 마스터급의 데스나이트를 만들어냈을 때 모습을 감췄던 레오가 다시 나타났다.

"하아, 하아, 모두 마쳤습니다."

레이놀즈는 레오가 사라지기 직전 귓속말과 함께 건네주

었던 반지를 다시 건넸다. 보우마 노인이 레오를 위해서 생전에 만들어두었던 마병으로, 반지의 형태를 지닌 아티팩트였다.

"후후! 수고했어."

레오는 반지를 다시 자신의 손가락에 끼며 흡족한 미소를 지었다. 동녘으로 희끗한 빛 무리가 일어나는 시간이라 서둘러 사기적인 계약에 관한 마무리를 지어야 했다.

"데스나이트 소환!"

레오가 반지에 마력을 주입하며 외쳤다. 그러자 암흑의 기운이 반지에서 일어나며 레오의 앞으로 스물한 구의 데스나이트가 모습을 드러냈다.

─마스터를 뵙니다.

─마스터를… 이놈! 죽여 버리고 말겠다!

보우마 노인이 만들어두었던 데스나이트들은 후임으로 데스나이트가 된 신출내기 암브로시아의 행동에 살기를 드러냈다.

─갈! 감히 마스터께 불경을 저지르다니!

─네놈이… 끄으윽… 사기를 치다니…….

암브로시아는 영혼이 갈가리 찢기는 고통을 느꼈다. 계약을 맺은 주체인 아티팩트의 주인 레오에게 살기를 드러낸 탓이다.

"후후! 당한 놈이 병신이지. 계약을 꼼꼼하게 살펴서 해야 하는 거 모르나?"

—으으…….

"일단 맞고 시작하는 게 낫겠다. 일호!"

—마스터, 하명하십시오.

"패! 역소환될 때까지."

—명을 받듭니다! 쳐라!

데스나이트들은 주인에게 무례를 범한 암브로시아를 가만 놔둘 생각이 없었다. 주인의 명령이 떨어지자마자 득달같이 달려들어 다구리를 놓기 시작했다.

퍽퍽! 퍼퍼퍽!

아무리 동급의 데스나이트라 해도 흑마력이 강대한 보우마가 만든 데스나이트가 훨씬 더 강력한 힘을 발휘했다. 이제 갓 데스나이트가 된 암브로시아는 생전의 검술이 제아무리 뛰어났다고 해도 그들을 이겨낼 힘이 없었다.

—크아아! 커헉! 캐애액!

계속 비명을 질러대며 일방적으로 구타를 당하고 있는 암브로시아는 주인에게 살기를 드러낸 여파까지 겹치며 영혼이 파괴되기 직전까지 고통을 당해야 했다.

—후우! 마스터께 충성을 다하겠습니다.

—저 역시…….

쉐도우나이트였던 영혼들은 이미 사기를 당해서 마스터가 되어버린 레오에게 고개를 살살 내저으며 충성을 맹세했다. 암브로시아는 언제 충성을 맹세하게 될지 모르지만 머지않은 시간 내에 그렇게 될 것이 분명했다.

"루인 백작님!"

레오는 중앙수비군 1군단을 이끌고 출정하는 자리에서 루인 백작을 찾았다.

"제게 하실 말씀이라도 있으십니까?"

루인 백작은 차기 왕이 될지도 모르는 레오에게 잘 보이기 위해서라도 최대한 충직한 모습을 보였다.

"이번 전쟁은 힘과 힘이 격돌하는 싸움이 아닌 정보전이 될 겁니다."

"정보전이요? 그게 무슨 말씀이신지……?"

루인 백작은 이해가 가지 않았다. 반란군은 파죽지세로 남쪽으로 밀고 내려오는 중이고 그들을 진압해야 하는 중앙 토벌군은 힘으로 그들을 제압해야 했다. 그런데 정보전이 될 거라고 하니 이해하기가 힘들었다.

"정확하게 말하자면 소문을 얼마나 잘 내느냐에 달려 있다는 말입니다."

"소문이요?"

"그렇습니다. 정보부의 모든 역량을 동원해서 은밀히 소문을 퍼뜨려 주기 바랍니다."

"어떤 소문을 내야 하는지 말씀해 주십시오."

"그러니까 소문은… …어쩌고저쩌고……. …아시겠습니까?"

레오의 말을 듣는 루인 백작은 어느 정도 이해가 되는지 묘한 미소를 지으며 대답했다.

"흐흐! 그렇게 소문을 내면 되겠습니까?"

"적들의 귀에까지 들어가야 하니까 최대한 거창하게 내셔야 할 겁니다."

"맡겨주십시오. 그 정도도 해내지 못한다면 정보부라고 할 수 없지요."

"후후! 부탁드립니다."

레오는 그렇게 말을 마치고 자신을 환송하기 위해서 나와 있는 프로렌스 7세와 라시드 왕자, 그리고 공주들이 있는 곳으로 향했다.

"다녀오겠습니다."

레오가 부친에게 정중히 인사하자 프로렌스 7세는 신뢰가 담긴 눈빛으로 아들의 인사를 받았다.

"그래, 내 너의 강함을 안다만… 항상 조심해야 한다. 알겠느냐?"

"후후! 걱정하지 마세요. 세상의 그 누구도 저를 죽일 수는 없습니다."

"믿는다."

부친의 짧은 말 속에 담긴 신뢰와 정을 느낀 레오는 초롱초롱한 눈망울로 자신을 쳐다보고 있는 라시드에게 손을 내밀었다.

"가르쳐 준 것을 열심히 수련해야 한다. 알겠느냐?"

레오의 말에 라시드는 환하게 미소 지으며 고개를 끄덕였다.

"염려 말라구. 내 형이 가르쳐 준 그 검술을 완벽하게 익힐 테니까. 진짜 천재가 어떤 건지 보여주겠어. 히히히히!"

다른 형제가 없어서 무거운 책임감을 가지고 살아온 라시드는 대적 불가능의 형의 등장에 오히려 홀가분한 기분을 느끼고 있었다. 그래서인지 다른 때와는 다르게 어린 소년의 모습을 마음껏 드러냈다.

"후후! 녀석도 참."

레오는 비록 며칠간의 짧은 만남이었지만 인간의 정을 느끼게 해준 배다른 동생의 익살에 미소를 지을 수밖에 없었다.

"그럼 다녀오겠습니다!"

레오가 커다란 외침을 토하자 프로렌스 7세를 시작으로 모든 왕가의 사람들이 손을 흔들었다. 그들의 환송을 받으며 레오는 윤기가 흐르는 검은 털을 지닌 전마의 배를 박차며 왕궁을 떠났다.

삼면에서 1, 5, 6군단의 공세에 직면한 반란군은 중북부의 로가드 평원에서 총력전을 준비했다. 남쪽으로 내려오며 강제로 징집한 농민병까지 합하여 총 17만으로 불어난 군세를 한곳에 집결시킨 그들의 힘은 상상 이상으로 강력해 보였다.

"으으, 귀신이라도 나올 것 같네그려."

"그러게 말이야. 이 으스스한 기운은 뭐라니."

경계를 서고 있는 병사들은 밤안개가 자욱하게 밀려오는 평원의 야경에 고개를 살살 내저었다.

"경치지 말고 번을 똑바로 서도록. 알겠는가?"

곧 중앙군의 본대가 진군해 올 것이기에 미리 진을 치고 준비하고 있는 반란군은 경계에 만전을 기울였다. 그래서인지 늦은 새벽녘에도 기사들이 돌아다니며 병사들을 갈구고 있었다.

"염려하지 마십시오. 두 눈 부릅뜨고 번을 서고 있습니다요. 헤헤헤!"

"그러믄입쇼."

병사들은 기사들의 흉흉한 기세에 찔끔하여 두 손을 비비며 머리를 조아렸다.

"똑바로 하렷다!"

"예이!"

병사들이 기합이 단단히 든 음성으로 대답하는 것에 기사는 헛기침을 터뜨리며 다른 경계초소로 이동했다. 그가 완전히 모습을 감추자 머리를 숙이고 있던 두 병사는 슬그머니 고개를 들었다.

"니미 뽕이다!"

"씌불 넘이 기사면 다야?"

"에잉!"

병사들은 왜, 이런 곳에서 반란군이라는 오명을 뒤집어쓰고 있는지 모르겠다며 속으로 불만을 쌓이고 있었다.

"아참, 그런 소문 들어봤어?"

"무슨 소문? 어여 말해보드라고."

"그러니까, 내 잉그리드 자작군의 병사에게 들었는데 말이야, 죽은 암브로시아 공작의 영혼이 나타났다고 하더라고."

"정말이야?"

"그렇다니까. 프로렌스 왕국의 영웅 영령들이 암브로시아 공작의 영혼을 끌고 다니며 매질을 하는 것을 보았다고 하더라고."

"우와! 그게 정말이었구나. 나만 들은 줄 알았는데 말이야."

병사들은 자신들이 들은 소문의 내용을 이야기하며 졸린 눈을 반짝였다. 그들이 옹기종기 모여서 소문에 살을 붙이며 더욱 과장된 이야기로 만들어갈 즈음 밤안개 속으로 이상한 소리가 들려왔다.

—흐어어어! 내가 잘못했소. 제, 제발… 크어어억!

고통에 찬 울부짖음과 함께 계속해서 잘못했다고 비는 누군가의 음성이었다. 그런데 그 음성이 사람의 목소리가 아닌 기이한 귀곡성이라는 것이 문제였다.

"헉! 자, 자네들도 들었나?"

"으으, 그 소문이 진짜였나 보네."

"그게 무슨 소리야?"

"저 목소리, 분명 암브로시아 공작의 음성이었어. 내 분명 그 음성을 들어보았단 말일세."

병사들은 불안한 눈으로 어둠에 싸여 있는 평원을 두리번거렸다. 그러나 밤안개가 짙게 낀 탓에 그 어떤 모습도 찾을 수가 없었다.

다가닥! 다가닥!

점점 공포에 질려가는 병사들의 귀에 다시 소리가 들려왔다. 이번에는 암브로시아 공작이 내지르는 고통에 찬 비명 소리가 아닌 말이 달려오는 말발굽 소리였다.

"저, 저기다!"

한 병사가 놀라 외치며 한곳을 손가락으로 가리켰다. 모두의 시선이 쏠린 그곳에서는 어둠과 밤안개를 가르며 일단의 무리가 다가오고 있었다.

"헉! 유령마다!"

팬텀호스, 이는 데스나이트들이 타고 다니는 전투마로 영체로 이루어진 말이다. 강력한 적광을 두 눈에서 뿜어내며 숨을 내쉴 때마다 검은 기류가 코에서 뿜어져 나오며 주위를 사기로 뒤덮는 유령마였다.

"암브로시아 공작… 으으…….'"

병사들은 유령기사들이 쇠사슬로 포박한 암브로시아 공작을 끌고 자신들에게 다가오는 것을 보아야 했다.

—으아악! 제발 용서해 주시오. 내가 잘못했소. 제발…….

데스나이트 일호가 흑마력으로 만들어진 암흑의 채찍으로 사정없이 암브로시아 공작의 등판을 후려쳤다. 그때마다 영혼이 파괴되는 고통에 암브로시아 공작은 울부짖었다.

—나는 폭풍의 기사 로렌스다. 너희 프로렌스를 망하게 하려는 반역자들은 들어라!

광폭한 음성이 어둠으로 뒤덮인 평원을 뒤흔들었다. 그 음성은 메아리치듯 평원으로 퍼져 나가며 잠들어 있던 병사들을 깨웠다.

"으으… 폭풍의 기사 로렌스라면…….'"

"맞아. 200년 전에 프로렌스 왕국을 세웠던 건국왕 프로렌스님의 기사야."

프로렌스 왕국의 건국에 지대한 공헌을 했던 폭풍의 기사 로렌스의 이야기는 프로렌스의 왕국민이라면 누구나 아는 내용이다.

―죽어서도 프로렌스를 지키겠노라 맹세했던 나 로렌스가 배덕의 무리 암브로시아를 어찌 두고 보겠는가! 쳐라!

휘익! 쫘아아악!

혹마력의 채찍이 다시 한 번 휘둘러지고, 암브로시아 공작은 고통에 찬 울부짖음을 다시 토해내야 했다.

―크아악! 부디 용서해 주시오. 다시는 안 그러겠소. 제발 용서를… 크헉! 케에엑!

계속되는 채찍질에 암브로시아 공작은 쇠사슬을 포박된 상태에서 몸부림을 쳤다. 그 광경을 지켜보는 반란군의 병사들은 심적으로 엄청난 동요를 일으켰다.

'으으… 반란군은 절대 성공하지 못할 거야.'

'왕국을 걱정하는 선조님들의 가호를 저버리다니… 이게 다 암브로시아 공작가 때문이야.'

병사들은 절로 사기가 떨어지며 금세라도 탈영하여 토벌군에게 항복하고 싶어졌다.

"기사단은 뭐하는가! 저 거짓된 자들을 공격하라!"

암브로시아 공작의 아들이자 반란군의 수장을 맡고 있는 제이슨 암브로시아 백작이 버럭 소리를 질렀다. 그러자 잠에서 깨어난 기사들이 일제히 말에 오르며 진영을 빠져나갔다.

─후후! 저 정도의 기사단으로는 안 될 텐데. 일호, 사정없이 들이쳐라!

─명을 받듭니다, 마스터!

일호는 새롭게 합류한 데스나이트들에게 강렬한 안광을 발하며 말했다.

─마스터의 명령이 내려졌다. 절대 허튼 모습을 보여서는 안 된다. 알겠나?

─명령대로 따르겠습니다, 일호!

쉐도우나이트 출신의 데스나이트들은 이미 모든 것을 체념하고 레오를 주인으로 받들고 있었다. 오직 암브로시아 공작만이 저항하고 있는 상황이기에 레오의 뜻대로 움직여 줄 것이었다.

"쳐라! 유령도 마나 소드에 격중되면 소멸되니 겁먹을 것 없다!"

"타앗!"

기사들은 폭풍의 기사 로렌스라는 말에 잔뜩 주눅이 들어 있었다. 비록 주군인 제이슨의 명령으로 출정했다지만 그들의 손은 미미하게 떨리는 것으로 그것을 증명하고 있었다.

―오라! 나 폭풍의 기사 로렌스가 너희 배덕의 무리를 징치할 것이다!

일호는 어둠의 마력을 일으켜 검은 오러를 만들어냈다. 나머지 데스나이트들도 오러를 만들어내며 기사들의 공세에 맞서 나갔다.

"헉! 오, 오러… 마스터다!"

"으으… 렌스차징!"

기사들은 오러를 줄기줄기 만들어내며 마주쳐 오는 데스나이트들의 위세에 잔뜩 움츠러들었다. 렌스를 들고 렌스차징을 해가고는 있지만 자신들이 이길 거라고는 생각하지 않았다.

타캉! 카카카캉!

찔러들어 가는 렌스에 강한 충격을 받자 기사들은 방패로 몸을 가리며 밀려드는 어둠의 오러를 막으려 했다.

서걱! 콰드드둥!

기사들의 몸이 어둠의 오러에 잘려 나가며 시체로 변해 바닥을 굴렀다. 그 광경을 지켜보는 병사들은 저들이 진짜 프로렌스의 수호신이라 여기며 성호를 그어대기에 바빴다.

"으득! 데스나이트가 분명하다! 종군신관들을 내보내라! 어서!"

제이슨은 데스나이트들을 이용하여 이런 쇼를 보이고 있

다는 것에 분노했다. 그러나 이미 많은 병사들이 이 광경을 지켜보았고 들리는 소문이 더해지면서 사기는 곤두박질치고 있음도 알고 있었다.

'어떻게든 저것들이 데스나이트라는 것을 알려야 한다. 그래야 병사들의 동요를 막을 수 있어.'

제이슨은 한 떼의 기사가 종군신관들을 태우고 출전하는 것을 보고 입술을 질겅질겅 깨물며 초조해했다. 만약 저들마저 실패한다면 저들은 흑마법사들에 의해서 만들어진 데스나이트가 아니라 진짜 프로렌스를 걱정하여 영원의 잠에서 깨어난 영웅들의 영혼이 되어버리기 때문이다.

"어둠의 종자들이여, 어둠의 공간으로 돌아가라! 홀리라이트!"

"사악한 존재들을 징벌하소서! 헤븐리스매쉬!"

신관들은 자신들의 신성력을 모두 동원하여 데스나이트들에게 신성 마법을 퍼부었다. 어둠을 가르며 신성력이 날아갈 때 공중에서 그것을 지켜보던 레오가 손을 내밀었다.

"데스나이트 소환 해제!"

후웅! 스스스스슷!

순식간에 씻은 듯이 사라져 버리는 데스나이트들이 있던 공간으로 신성 마법이 퍼부어졌다. 눈을 부시게 만드는 신성력의 폭풍이 휩쓸고 지나가자 시야가 확보되는 순간을 노려 레오가 다시 반지에 마나를 주입했다.

"데스나이트 소환!"

후웅! 스스스스슷!

다시금 그 자리에 모습을 드러내는 데스나이트들이 무슨 일이라도 있었냐는 듯 외쳤다.

—감히 나라를 구하려 영원의 잠에서 일어난 나를 공격하다니! 그러고도 네놈들이 프로렌스의 백성들이란 말이더냐!

광량한 외침이 토해지자 신성 마법을 퍼부었던 신관들이 기겁하며 성호를 그어댔다. 그들로서는 자신들의 신성 마법에도 아무런 영향을 받지 않는 것처럼 보인 것이다.

—배덕의 무리들아! 네놈들의 탐욕으로 위대한 프로렌스 왕국이 멸망하는 것을 막으라 주신께서 보내신 나이니라! 주신의 종들은 물러나지 못할까!

데스나이트 일호는 레오가 가르쳐 준 대로 외치고 또 외쳤다. 그러자 처음에는 긴가민가하던 신관들도 자신들이 배덕의 무리가 되어버렸다는 것에 손을 멈추고 주신을 향해 참회의 기도를 올리기 시작했다.

—내 제아무리 배덕의 무리라 하나 후손들을 차마 죽일 수 없어 기회를 주겠다. 반란을 포기하고 프로렌스에 관용을 구하라. 그것만이 내 분노를 피할 수 있음이니라.

데스나이트 일호의 마지막 음성이 끝날 즈음 밤안개가 짙게 낀 하늘에서 대기하던 레오가 반지를 내밀며 구동어를 외쳤다.

"데스나이트 해제!"

벌판을 잠식하고 있던 어둠의 기운이 썻은 듯이 사라지고 오직 죽은 기사들의 시체만이 그들이 있던 자리에 놓여 있다.

둥! 둥! 둥! 둥!

기수를 앞세운 프로렌스 중앙수비군 소속의 1군단이 벌판의 남쪽에 나타났다. 그 옆으로 서부 국경을 지키던 5군단에 모습을 드러냄으로써 대회전이 벌어지게 될 것임을 알렸다.

스스슷!

지휘부가 모여 있는 공간에 모습을 나타낸 레오가 1군단장이자 최고의 돌격대장으로 불리는 스틸런 백작 앞으로 다가갔다.

"대공 전하를 뵙니다."

스틸런 백작은 무를 숭상하는 기사였다. 그런 그에게 레오는 프로렌스 왕국의 왕자가 아닌 막시밀리안 대공의 진전을 이은 최고의 기사였다. 그래서 부르는 호칭도 왕자 저하가 아닌 대공 전하인 것이다.

"오느라 수고가 많았습니다."

레오는 스틸런 백작의 믿음직스런 모습을 보며 환한 미소를 지으며 반겼다.

"그런데 전하, 저들의 모습이 조금 이상합니다."

스틸런 백작은 대회전을 준비하고 있는 적들의 모습이 약간 이상하다는 것에 의문을 드러냈다.

"후후! 아마 그럴 겁니다. 사흘 동안 재우지 않았으니까요."

"네? 사흘 동안 재우지 않았다면… 하하! 이거야 원, 싸울 수나 있답니까?"

사흘을 재우지 않았다는 레오의 말대로 반대 진영에 대오를 갖추고 있는 반란군의 모습을 참으로 가관이었다. 다크서클이 짙게 내려앉아 피로를 호소하고 있는 얼굴들이 불쌍한 기분마저 들게 만들었다.

"저들도 극도로 저하된 사기를 진작시키기 위해서라도 강하게 밀어붙이려 할 겁니다."

"아무래도 그렇게 할 겝니다."

스틸런 백작도 레오의 말에 동감한다는 듯이 고개를 주억거렸다.

"대부분이 보병 위주로 된 저들의 편제를 본다면 대회전이 벌어지면 기병대로 허리를 끊고 치고 빠지는 작전으로 맞설 생각입니다."

레오의 작전은 간단했다. 힘과 힘으로 부딪치는 대회전에서는 적 보병대의 군진을 얼마나 효과적으로 무너뜨리는가에 승패가 달려 있었다.

"기병대는 누가 이끕니까?"

"소작이 이끌고 있습니다."

손을 들어 자신의 존재를 알리는 기사를 본 레오는 출정하기 전 소개받았던 기억을 떠올렸다.

"페르시 자작이로군요."

"허허! 소작을 기억해 주셔서 영광입니다, 대공 전하!"

페르시 자작 역시 오랜 세월 군문에서 버텨온 기사였다. 그렇기에 정치적인 면이 아닌 무력으로 상대를 인정하는 면이 강했다.

"페르시 자작께서 기병대를 둘로 나눠 좌우측에서 보병대를 허리를 끊도록 하세요."

"명을 따르겠습니다."

페르시 자작이 허리를 숙이며 복명하자 레오는 몇 가지 작전을 이야기한 후 진영을 갖추도록 명령을 내렸다.

"진영을 갖추고 목책을 세우도록 하세요."

"충!"

스틸런 백작 이하 1군단의 지휘관들이 소속 부대로 가는 모습을 보며 레오는 신형을 틀어 반란군의 무리에게 시선을 돌렸다.

'흠, 오늘 밤 적군의 진영을 다시 한 번 흔들어야겠어. 그래야 내일 대회전에서 적들이 쉽게 무너지지.'

레오는 며칠 동안 데스나이트만으로 써먹었던 수법이 아닌 진정한 흑마법사들의 힘을 동원한 수법을 적들에게 선사할 생각이었다.

"탈란!"

"작은 주인님, 부르셨습니까?"

탈란이 허공중에서 모습을 드러내자 레오는 지금 이 순간 가장 필요로 하는 존재에 대해 물었다.

"아드리아는 어디쯤 왔지?"

서큐버스들의 여왕이자 자신의 유모인 아드리아를 찾는 것에 탈란이 씨익 웃으며 대답했다.

"옆을 보십시오."

"응? 벌써 온 거야?"

레오는 옆으로 고개를 돌리자 섹시한 자태를 드러내며 요사스런 미소를 짓고 있는 아드리아의 모습이 눈에 들어왔다.

"오호호호! 작은 주인님, 오랜만에 뵙는군요."

"후후! 어서 와. 안 그래도 아드리아가 정말 많이 보고 싶었어."

"정말요? 역시 우리 작은 주인님이라니까."

아드리아는 레오의 팔짱을 끼며 풍만한 가슴을 사정없이 그의 팔에 비볐다. 그런 그녀의 행동에 레오는 살짝 입꼬리를 말아 올릴 뿐 이전처럼 얼굴을 붉히지는 않았다.

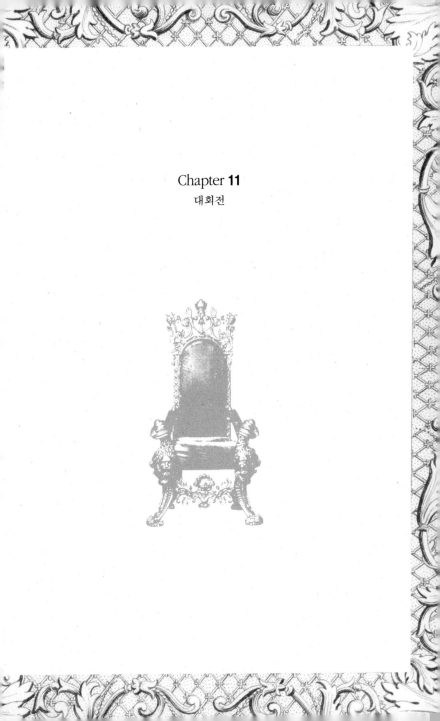

Chapter 11
대회전

　사기가 엉망진창인 군대를 이끄는 사령관의 마음은, 그것
도 정예라고 알려진 중앙군을 맞이한 반란군 수장의 마음은
금방이라도 내려앉을 모래성 위에 올라 있는 기분일 것이다.

　"백작님, 이제라도 군을 물리고 수성전을 펼치는 것이 어
떻겠습니까?"

　휘하의 귀족 중에 하나가 조심스럽게 입을 열었다. 그의 말
대로 성곽에 의지하여 싸운다면 병사들도 조금은 사기가 올
라갈 것이다. 그게 아니라도 빠져나갈 방법이 없게 될 것이니
죽기 살기로 싸울지도 몰랐다.

"지금 군을 물리면 바로 저들의 공격을 받게 될 걸세. 그럼 지리멸렬을 면치 못하네."

제이슨 백작의 말에 귀족들은 뭔가 할 말이 있는지 입을 씰룩거렸다.

"할 말이 있으면 주저 없이 하게."

"그게… 징집해 온 농민병을 남겨두고 정예만 이끌고 퇴각하면 됩니다. 제아무리 오합지졸이라고 해도 4만의 병력이라면 하루 정도는 적을 막아줄 수 있습니다."

"사석작전을 쓰자는 말인가?"

"그렇게라도 해야 하지 않겠습니까?"

"맞습니다. 어차피 그놈들이야 우리 병사라고 보기에도 무리지요."

귀족들이 이구동성으로 퇴각을 원하고 있었다. 처음에는 나이츠 제국에서 원군이 올 거라는 생각으로 거창하게 들고 일어났지만 그들은 그들 나름대로 반란을 일으킨 상황이기에 원군을 기대할 수 없었다.

'어떻게든 우리 힘으로 이 상황을 풀어야 한다는 말인데……'

제이슨은 양옆으로 도열해 있는 기사들 가운데 쉐도우나이트들을 보았다. 부친이 끌고 간 이후 죽어버린 쉐도우나이트들에는 미치지 못해도 그래도 마스터 세 명이 눈에 들어왔다.

'저들이라면 레오 대공을 죽일 수 있을까?'

마지막 남아 있는 가문의 힘이다. 자신 역시 마스터의 반열에 올라 있기에 총 네 명의 마스터가 남은 셈이었다.

'어렵구나, 어려워.'

마지막 순간, 즉 전쟁에서 패하고 반란이 실패로 돌아가는 순간 저들과 함께 루퍼트 제국으로 넘어가는 것이 최선이었다. 그전에 프로렌스 왕국의 힘을 빼놓아야 했다. 그것이 자신에게 주어진 임무였다.

"총사!"

군막의 입구가 열리고 밖으로 나가 있던 가문의 제2기사단장 크리먼이 들어왔다.

"말하시오."

"적들의 진채가 완성되려 합니다. 지금이라도 들이치면 방심한 적을 크게 물리칠 수 있어 보입니다만, 어떻게 할까요?"

크리먼은 지금이라도 싸우고자 하는 투기를 발산했다. 생긴 대로 논다고, 2미터의 키에 트롤이 동생 삼을 것처럼 생긴 크리먼 단장은 먹는 것보다 싸우는 것을 좋아하는 위인이었다. 전형적인 돌격대장 스타일이었다.

"지금은 자중하시오. 그리고 내가 명했던 대로 내일 날이 밝으면 치를 기사단전 준비에 만전을 기하시오."

"저들이 응하겠습니까?"

크리먼 단장은 기사단전에 관해 회의적이었다. 근위기사단이 아니라면 암브로시아 공작가의 쉐도우나이트들과 싸울 상대는 프로렌스 왕국에 존재하지 않았다. 마스터와 최소 상급 이상의 익스퍼트들로 구성된 쉐도우나이트였고, 그 인원수가 200에 이르렀다.

"응할 수밖에 없을 거요. 저들에게 레오 대공이 존재하는 한은 말이요."

"아, 그를 도발하실 생각이시로군요."

"그렇소. 무적의 기사 막시밀리안 대공의 후예를 자처하는 자요. 그런 자가 기사단전을 회피한다면… 스스로 그 이름을 저버리는 행위가 될 테니까."

"흐흐! 알겠습니다. 소관은 기사단전이나 준비하겠습니다. 하하하!"

레오 대공이라는 강대한 적과 싸우게 된 것이 피를 끓게 만드는지 크리먼 단장은 몹시도 흥분한 모습을 보였다. 그가 군막을 벗어나자 제이슨은 자신도 모르게 혀를 차댔다.

"쯧쯧! 싸우는 게 그리도 좋은가?"

그의 독백에 다른 귀족들도 희미한 조소를 머금으며 다시 회의가 진행됐다.

"부룬 백작님은 내일 대회전 때 최대한 버텨줘야 할 것이오. 우리 본대가 기사단전을 승리로 이끌고 1군단을 무너뜨릴 때까지 말이요."

"걱정 마십시오. 방패병단과 창수레를 이용해서 방어에만 전념한다면 그 누구도 뚫을 수 없을 테니 말입니다."

창수레라는 것은 수레에 방패를 얹고 그 사이사이에 창을 여러 자루 끼워놓은 형태의 물건이다. 병사들이 밀고 전진할 수 있도록 만들어져서 대평원에서는 유용하게 쓰이는 병기였다.

"그런데 1군단을 물리칠 수는 있겠습니까? 지금의 병사들 사기로는 무척이나 어려워 보입니다만."

6군단을 막기로 되어 있는 브르노 자작의 물음에 제이슨은 마지막으로 믿는 구석이 있음에 싸늘한 조소로 화답했다.

"뭔가 계책이 있으신 모양이로군요. 하하하하! 역시 암브로시아 공작가입니다."

브르노 자작이 화통하게 웃으며 암브로시아 공작가에 대한 칭송을 늘어놓자 제이슨은 손을 들어 올리며 뒤의 기사에게 명했다.

"가지고 오너라."

"명!"

기사 두 명이 동원되어 기다란 테이블 위에 올려놓은 것은 무척이나 커다란 강철로 만들어진 상자였다.

"열어라."

제이슨의 명령에 상자가 열리자 그 안에 들어 있는 것이 모습을 드러냈다.

"이것은……."

"설마 마력탄입니까?"

프로렌스 왕국의 마탑이 심혈을 기울여서 만들어낸 회심의 마법 병기이다. 안전하게 솜털로 싸여 있는 보석처럼 빛나는 물건은 마력탄이 분명했다.

"맞소. 왕실 마탑의 부탑주를 매수해서 본가에서 보유하고 있던 물건들이오."

"오오! 이런 것이 있다면 적들에게 초전에 어마어마한 피해를 줄 수 있을 겁니다. 그리고 그 뒤로도 얼마든지 싸움에서 유용하게 쓰일 것이고요. 하하하하!"

"정말 대단하십니다. 흐흐흐!"

귀족들은 암브로시아 공작가의 무력에 더하여 왕실에서 비밀리에 만들었다는 마력탄을 보게 되자 내일의 대회전에 대한 걱정이 하늘 저 멀리 날아가 버렸다.

"하나의 폭발력은 지름 50여 미터를 한 번에 날려 버릴 정도로 강력한 물건이오. 모두 천 개의 마력탄이 준비되어 있으니 내일 전투에서 적군의 전위대를 한 번에 날려 버릴 것이오."

"하오면 내일 모두 사용하시겠다는 생각이십니까? 나눠서 사용하는 것이……."

"아니, 한 번에 사용하는 편이 낫소. 대량으로 적들을 무너뜨리고 나면 그 뒤로는 모조품을 들고 흔들어도 적들은 움츠러들 수밖에 없을 테니."

천 개의 마력탄이 보병대의 대회전에서 사용된다면 적어도 1만 이상의 적은 초전에 사라지게 될 것이다. 그렇게 사기가 꺾인 군대를 상대로라면 충분히 이길 수 있다는 판단이다.

"자자! 모두 이 정도로 하고 오늘 밤은 푹 쉬도록 하시오. 기사의 명예를 아는 놈들이라면 허튼수작을 하지는 않을 게요."

"하하하! 알겠습니다. 그럼 소작은 이만."

"내일 뵙도록 하지요."

귀족들이 모두 물러나자 제이슨은 의자에 등을 묻은 채 손깍지를 꼈다. 과연 마력탄만으로 적들을 꺾을 수 있을지 그것이 걱정이었다.

"잘 지키도록!"

"명!"

쉐도우나이트들은 염려 말라는 듯이 우렁차게 복명하며 제이슨을 달랬다. 그런 그들을 뒤로한 채 제이슨은 자신의 군막으로 돌아갔다.

스스스스슷!

인간의 귀에는 들리지 않을 정도로 미세한 소음이 제이슨의 군막에서 바깥쪽으로 움직였다. 그리고 어둠을 뚫고 소음을 낸 물체는 공중으로 날아올라 어느 곳으로 향했다.

"헤에, 마력탄이라는 것이 그렇게 무서운 건가 보네."

인비지빌리티 마법을 사용해 허공에 떠 있는 세 사람 중 아드리아의 손에 작은 바퀴벌레 한 마리가 내려앉았다. 그리고 그 바퀴벌레의 기억을 읽어 아드리아가 마력탄이라는 것에 대해서 이야기했다.

"마력탄? 그걸 아드리아가 어떻게 알아?"

"저 아래 있는 인간들이 마력탄으로 대회전을 승리로 장식할 거라고 떠들었어요. 내 패밀리어는 보지 못했지만 상자가 꽤 크던 걸요."

"이런, 하마터면 큰일 날 뻔했군."

"그렇게 대단한 물건이에요?"

"파이어버스터에 해당하는 마법 병기야. 지난 왕궁에서 암브로시아 공작가의 기사들에게 사용했는데 아주 대단하더라고."

파이어버스터는 5클래스의 마법으로 대단위 살상 마법 가운데 하나였다. 그에 준하는 위력의 마력탄이니 천 명의 5클래스 마법사가 일제히 마법을 사용하는 것과 같은 효과를 보일 것이다.

"저것부터 해결해야겠어."

레오는 적들이 가지고 있는 마력탄을 어떻게 막아야 할까 빠르게 머리를 굴렸다. 그러자 적들이 잠을 자지 못하게 마지막 장난을 치는 대신 내일 대회전에서 적들의 사기를 더 깊은 나락으로 떨어뜨릴 방법이 떠올랐다.

"탈란!"

"무슨 방법이 떠오르신 겁니까?"

"저거 훔쳐야겠다."

"훔치다니? 아하! 훔쳐서 반대로 저들에게 사용하실 생각이시로군요?"

"저도 도울게요. 호호호!"

아드리아는 마력탄을 훔쳐 낸다는 말에 묘한 흥분을 드러냈다. 마족이기에 나쁜 짓을 하는 것에는 저런 반응을 보이는 것도 무리는 아니었다.

"아마 바쁘게 움직여야 할 거야. 내 생각대로 하려면."

"호호! 맡겨만 주십시오."

탈란이 자신의 가슴을 두드리며 하는 말에 레오는 빙그레 미소 지었다.

<u>스스스슷!</u>

어둠이 짙게 내려앉은 새벽의 찬 공기가 막사를 지키는 스무 명의 기사를 스치고 지나갔다.

올슨이라는 기사는 그들 중의 하나로 고아로 태어나 암브로시아 공작가의 쉐도우나이트로 어릴 때부터 키워진 자였다.

'응? 뭐지?'

올슨은 중앙 군막 중의 하나에서 기이한 것을 보았다. 아무것도 걸치지 않은 전라의 여인이 보인 것이다.

"헛!"

헛바람이 빠지는 소리를 낸 그는 급히 입을 막고 동료들을 살폈다. 다행히 아무도 신경 쓰지 않는 것에 그는 다시 눈에 힘을 주고 자신이 본 것을 다시 한 번 확인했다.

'어, 어떻게 저런 여인이……'

너무도 아름다운 여인이 군막 밖에 나와 있다. 아마도 귀족 중 하나가 여인을 데리고 온 것이리라. 여인은 자신이 위치한 곳에서만 보이는 자리에 서 있었기에 다른 기사들은 볼 수가 없었다.

'아아, 너무도 아름답다. 여신이야, 여신.'

올슨은 시간이 지날수록 더욱 강렬하게 빠져들어 가는 자신을 느꼈다. 그리고 저런 여신을 한 번만 안아볼 수 있다면 이대로 죽어도 좋다는 감정이 들었다.

'헉! 나에게 손짓을……. 여, 여신님도 나를?'

감정이 격하게 고조되는 순간 정체를 알 수 없는 여신이 자신을 향해서 손짓했다. 너무도 아름다운 손짓이었고, 작은 움직임 하나하나가 묘한 유혹으로 심장을 두드렸다.

'여신님을 안을 수만 있다면…….'

올슨은 전쟁이고 뭐고 여신을 안을 수만 있다면 이대로 죽어도 좋다는 생각에 자신도 모르게 발걸음을 옮겼다.

"이봐, 어디 가는 거야?"

"아아, 소변이 마려워서 말이야."

"그래? 어서 갔다 오라고."

동료 기사의 핑계를 둘러댄 그는 종종걸음으로 여신이 부르고 있는 곳으로 이동했다.

―어서 와요~ 나를 안아줘요, 나의 기사님~

막사의 옆으로 걸어가 다른 동료들의 시야에서 벗어났을 때 여신의 입이 열렸다.

"아아……!"

자신도 모르게 신음 소리를 흘린 올슨은 풍만한 가슴과 잘록한 허리, 그리고 그 누구도 보아서는 안 될 은밀한 곳의 소담한 것들을 보았다.

"꿀꺽!"

거칠어지는 호흡과 자신도 모르게 침을 삼킨 올슨은 정신 없이 걸음을 옮겨 여신에게 두 팔을 뻗었다. 그리고 미친 듯 이 아랫도리를 풀고 그대로 여신을 덮쳐 갔다.

"수고했어."

"호호! 뭘요. 오랜만에 힘 좀 썼더니 아주 개운해졌어요. 호호호!"

아드리아는 마력탄을 지키고 있는 기사들을 상대로 몽마 의 환영술을 유감없이 펼쳐 냈다. 그렇게 스무 명의 먹음직한 먹이의 정력을 빨아들인 아드리아는 오늘따라 더욱 요사하고 아름다운 미모를 뽐냈다.

"들어가자고."

레오와 아드리아는 기사들이 지키던 군막으로 들어갔 다.

바깥에는 스무 명의 데스나이트가 대신 서 있어서 멀리 서 보기에는 기사들이 철통같이 지키고 있는 것처럼 보일 것이다.

"사일런스! 마나 동결!"

안으로 들어선 레오는 급히 사일런스 마법과 마나의 유동 을 묶는 마법을 펼쳤다. 그것을 보는 아드리아는 급히 정신계 능력을 사용하여 의사를 전달했다.

—작은 주인님, 어떻게 하려고 그러세요?

—아! 별것 아니야. 장난을 좀 치려고 그러는 거지, 뭐.

레오는 그렇게 말하며 상자를 열어 안에 들어 있는 마력탄
을 움켜잡았다.

—어떻게 하려고 그러시나 몰라.

아드리아는 레오가 하는 행동을 그냥 지켜만 보았다. 조심
스럽게 손아귀에 마력탄을 쥔 레오가 잠시 눈을 감더니 마력
탄에 자신의 마나를 동화시켰다.

—어라? 마나가 움직이네?

주위의 마나는 동결되어 움직이지 않았다. 그런데 레오의
손에 쥐어져 있는 마력탄에서 마나가 흘러나와 그대로 레오
의 몸으로 흘러들어 가는 것이다.

—후후! 역시 좋은데?

레오는 마력탄에서 아주 미량의 마나만을 남기고 그대로
흡수해 버렸다.

—아무 맛있는 마나 주스야. 후후후!

레오는 깔끔하게 정제되어 있는 마나를 흡수하자 자신의
마나 로드가 아주 미세한 차이로 늘어나는 것을 느꼈다.

—아드리아도 해볼래?

—흐응! 아시면서~

아드리아는 안타깝다는 눈빛으로 몸을 비비 꼬았다. 오늘

따라 더욱 요사스런 아름다움을 발산하는 아드리아의 비음 섞인 말투에 레오는 살살 고개를 내저으며 다른 마력탄을 손에 쥐었다.

스스슷!

레오가 마력탄의 마나를 뽑아낼 때 탈란이 그림자 속에서 일어났다.

─어서 와. 말한 것은 가지고 왔지?

─물론이지요. 여기 있습니다.

탈란이 준비해 온 것을 꺼내자 레오는 급히 따로 빼놓은 마력탄 100개를 가리켰다.

─저기다 새겨 넣으면 돼.

─저것만 하면 되는 겁니까?

─물론이지. 어서 시작해.

─흐흐! 알겠습니다.

탈란은 마력탄에 레오가 주문한 마법진을 은밀하게 새겨 넣기 시작했다. 무척이나 고도의 집중을 요하는 작업이었지만 8클래스의 흑마법사인 탈란에게는 그리 어려운 일이 아니었다.

─흐응, 작은 주인님, 나는 이제 뭐해요?

아드리아는 자신만 할 일이 없는 것에 약간 삐친 듯한 음성으로 레오에게 물었다.

―아드리아는… 흠, 남자 몇 명 꾀는 것은 어때?

―남자를 꾀어요?

―아드리아가 잘하는 거 있잖아. 정신 조종.

―오홍! 귀족 꼬맹이 몇 명 부하로 만들라는 말씀이시죠?

―잘 아네. 그럼 아드리아도 출동!

―호호! 출동!

아드리아가 반색하며 군막을 벗어나자 탈란은 두 주종을 쳐다보며 고개를 내저었다. 뭐 이런 주종 간이 다 있나 하는 생각이 든 것이다.

둥! 둥! 둥! 둥!

어두웠던 날이 환하게 밝아오고 전장의 아침을 알리는 북소리가 대평원을 울렸다.

"전군! 진군 대형으로!"

"우오오오오오오!"

괴성을 지르며 집단진을 형성하며 늘어서는 1군단의 병력은 기치창검을 앞세운 채 강렬한 투기를 발산했다.

"부대 정렬!"

암브로시아 공작가를 따르는 반란군들도 보병을 앞세운 채 집단 군진을 형성했다.

열 줄의 횡렬 대형으로 늘어선 보병들 뒤로 전형적인 전술

대로 궁병이 늘어선 구조였다.

"저메인 경, 부탁한다."

제이슨이 로브를 입고 있는 젊은 마법사에게 말하자 저메인이 앞으로 나오며 제이슨에게 마법을 걸어주었다.

"소리 증폭!"

간단하게 메모라이즈한 마법을 걸어주자 제이슨은 전방의 적들을 향해 이야기했다.

"들어라!"

웅웅거리는 그의 음성이 넓게 평원을 울리며 퍼져 나갔다.

"누군지 정체나 밝히고 말해."

반대쪽에서 들려오는 광량한 음성은 젊은 사내의 목소리였고, 제이슨은 단번에 그 목소리의 주인공을 알 수 있었다.

'저런 건방진… 으득!'

어린 나이에 저리도 건방진 행동을 할 수 있는 자는 많지 않았다. 프로렌스 왕국에서는 유이한 존재가 있을 뿐이다. 바로 자신과 상대편의 레오파드 대공이다.

"제이슨 폰 암브로시아다. 건방 떠는 네놈은 누구냐?"

"나? 별 볼 일 없는 레오파드 대공이라고 하는데, 만나서 반가워."

장난치듯이 말하는 레오를 보며 제이슨은 이를 부득부득

갈았다. 하지만 곧 대회전이 벌어지게 되면 자신이 준비해 온 강력한 한 수에 저 오만한 콧대가 무너져 내릴 거라는 생각에 화를 억눌렀다.

"대회전에 앞서 기사단 대전을 청한다. 네놈이 무적의 기사 막시밀리안 대공의 후계자라면 피하지는 않겠지?"

"기사단 대전? 뭐 나쁘지는 않겠지. 언제 할까?"

"지금 바로 하지. 한 개 기사단으로 겨루도록 하는 걸로 하자."

"마음대로 해."

레오는 적들이 원하는 기사단 대전에 주체할 수 없는 웃음을 터뜨렸다. 그러자 그 주위에 있던 중앙군의 지휘관들이 물었다.

"대공 전하, 기사단 대전은 저들이 유리합니다. 아무리 중앙군의 기사들이라고는 해도 저들은 쉐도우나이트들입니다, 전하!"

"아아, 걱정하지 말라고. 중앙군의 기사들은 나서지 않을 테니까."

"하지만 그래도……."

레오가 홀로 나가도 쉐도우나이트를 물리칠 수 있음을 믿었다. 그래도 만약의 사태에 대비해야 하는 것이 지휘관의 임무였다.

"엔드류!"

"네, 마스터!"

"준비해라. 다른 애들도 같이."

"충!"

엔드류와 미크러스 등은 레오와 같이 기사단 대전에 출전한다는 것에 몹시도 흥분한 모습을 보였다. 하지만 반대로 고작 열두 명으로 기사단 대전을 한다는 레오를 걱정스런 눈빛으로 바라봐야 하는 지휘관들은 좌불안석이었다.

"모두 준비해!"

레오의 명령에 군진을 빠져나온 열한 명의 제자가 일제히 팔찌의 마나석에 손을 대며 외쳤다.

"엑시온 착용!"

"엑시온⋯⋯."

후우우웅! 차차차차차착!

일제히 터져 나오는 눈부신 빛 무리가 사라지자 열세 명의 늠름한 흑기사가 중앙군의 앞으로 모습을 드러냈다.

"오오! 흑기사들이다!"

"레오 대공 전하와 그 기사들이야!"

"그런데 열두 명 아니었어?"

"그, 그러게. 말로는 대공 전하까지 열두 명이라고 들은 것 같은데 말이야."

"흐흐! 열두 명이면 어떻고 열세 명이면 어때. 레오 대공 전하신데."

"하긴 그렇다. 흐흐흐!"

병사들은 수많은 적을 도륙한 레오와 흑기사들에 대해서 들은 적이 있었다. 그 소문의 주인공들을 눈으로 목격하자 불안감은 사라지고 묘한 기대감이 급상승했다.

"쉐도우나이트 출진!"

제2기사단장을 맡고 있는 크리먼은 전투에 대한 흥분으로 전신에 활력이 도는 것을 느끼며 출진 명령을 내렸다.

"무적 쉐도우나이트 출진!"

기사들이 우렁찬 함성을 내뱉으며 반란군 진영을 이탈하여 앞으로 나섰다. 그 수는 모두 200으로 최한 익스퍼트 상급의 기사들로 이루어진 최강의 기사단이었다.

"발검!"

채채채채채채쳉!

200명의 기사가 일제히 검을 뽑아 앞으로 내밀었다. 그러자 좌에서 우로 움직이며 크리먼 단장은 그들의 검에 자신의 검을 부딪치며 맑은 쇳소리를 냈다.

"우리는 승리한다. 제아무리 레오 대공이 강하다 해도 우리의 막강한 전력 앞에서는 결국 쓰러지고 말 제물에 불과하다! 알겠는가!"

"추웅!"

기사단원들의 우렁찬 복명에 크리먼 단장은 사열식을 모두 마치고 제일 선두로 나갔다.

"위대한 쉐도우나이트들이여!"

"추웅!"

"진군하라!"

"우오오오오오오!"

넘치는 박력을 뿜어내며 200기의 기마가 서서히 속도를 올리며 앞으로 진군해 나갔다.

압도적인 포스를 뿜어내는 그들을 보며 사기가 바닥으로 내려앉았던 반란군 측의 병사들은 가슴이 뜨거워지는 것을 느꼈다.

쿵! 쿵! 쿵! 쿵! 쿵!

일제히 병장기로 바닥을 두드리며 발을 굴렀다. 10만이 넘는 병사들의 염원을 담고 행해지는 그 의식은 요동치는 심장을 더욱 뜨겁게 강렬하게 불타게 만들었다.

"큭! 대단한 기세로군."

레오는 적이기에 그저 비웃고 말았지만 아군이었다면 덩달아 심장이 뛸 만큼 멋진 광경이라 여겼다. 하지만 지금 이 순간은 서로를 죽여야 할 적에 불과했다.

"추행진으로 그대로 관통한다! 뒤처지지 마라!"

"추웅!"

엔드류와 미크러스 등은 레오의 명령에 우렁차게 복명하며 그의 뒤를 따라 빠르게 돌진해 나갔다.

"바이저를 내려라!"

레오의 돌격을 맞상대하는 크리먼 단장은 투구의 덮개를 내렸다. 그리고 한 손에 든 기다란 렌스를 움켜잡으며 명했다.

"렌스차지 준비!"

"오옷!"

일제히 앞으로 뻗어 나가는 렌스가 열세 명밖에 안 되는 적들의 심장을 겨누며 묘한 흔들림을 보였다.

"100미터! 50미터! 충돌 준비!"

크리먼은 오로지 검만으로 무장한 채 달려드는 불나방 같은 흑기사들을 보며 싸늘한 조소를 날렸다. 렌스차지의 무서움을 모르는 적이라면 이 싸움은 필승이었다.

"차징!"

"죽어랏!"

쉐도우나이트의 기사들이 일제히 렌스를 찔러 넣었다. 엄청난 속도로 달려온 탄성에 더해 기사들의 마나까지 불어넣어진 렌스차징은 두꺼운 성벽이라고 해도 그대로 뚫고 지나갈 막강한 힘이 실려 있었다.

세에에에엑!

역도가 실린 렌스가 심장을 노리고 밀려들어 왔다. 그 순간 레오는 말고삐를 잡아채며 외쳤다.

"도약!"

파곽! 휘이이익!

일제히 발을 굴러 도약하는 전마들은 그대로 렌스차징을 피해 그들의 머리 위를 뛰어넘고 있었다. 일반적인 전마라면 도저히 해낼 수 없는 믿어지지 않는 움직임이었다.

"헉! 마, 말도 안 돼!"

크리먼 단장은 자신들의 공격을 무위로 만들어 버린 미친 전마들을 보았다. 흑기사들이 입고 있는 엑시온과 같은 특이한 갑주로 보호를 받고 있는 전마들의 모습이었다.

―아드리아! 지금이다!

―호호! 맡겨주세요. 몽마의 환영!

후우웅! 파아앗!

아드리아가 몽마의 권능을 발휘했다. 그러자 그녀에게서 퍼져 나간 기이한 기류가 쉐도우나이트의 단원 중 일부에게 스며들어 갔다.

"으헉!"

"크으윽!"

답답한 신음을 흘리며 이상 행동을 보이는 단원들을 보며 크리먼 단장은 적들이 야료를 부리는 거라 생각했다.

'빨리 적들을 처리해야 한다. 시간이 없어.'

몇몇 이상 징후를 보이는 단원들을 시작으로 20여 명이 넘는 단원이 조금씩 기이한 행동을 시작했다. 바로 어제 군막의 수비를 하던 기사로 아드리아에 의해서 정신 제압을 당한 자들이었다.

"기사단 선회!"

"추웅!"

기사단원들은 크리먼 단장의 명령에 순응하여 일제히 말을 돌려 뒤로 빠져나간 레오와 그 단원들에게로 향했다.

"렌스 투척 준비!"

렌스 차징이 아닌 투창으로 일거에 적들을 쓸어버릴 생각이었다.

레오는 죽이지 못한다 할지라도 그 대원들만이라도 제거한다면 기사단전은 자신들의 승리가 될 것이다. 그때를 노려 돌격 명령을 내린다면 마력탄의 운용과 함께 결정적인 승리를 자신들에게 안겨줄 수 있었다.

"후후! 슬슬 시작해 볼까?"

레오는 아드리아에게 제압당한 불쌍한 영혼들을 생각하며 비릿한 미소를 지었다.

이제부터 자신의 시간이었고, 최대한 강력한 처단으로 더 많은 백성들을 구할 생각이었다. 그러기 위해서는 자신의 모든 힘을 동원하여 전쟁을 승리로 이끌어야만 했다.

『왕좌의 주인』 5권에 계속…

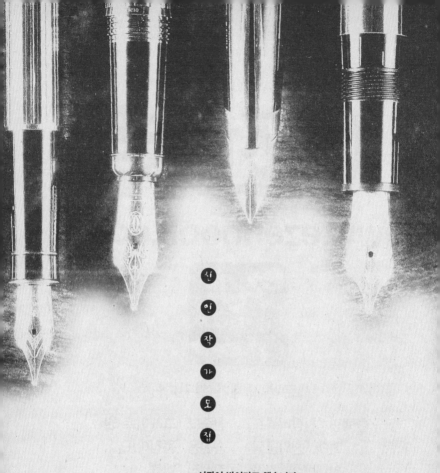

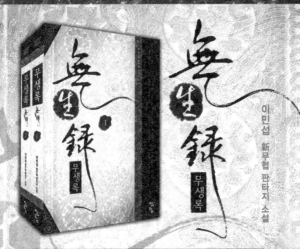

FUSION FANTASTIC STORY
천성민 장편 소설

짐승의 규칙

『무결도왕』 『다크로드 블리츠』
천성민 작가의 신간!

『짐승의 규칙』

살아야만 했다.
나를 위해 희생당한 부모님을 위해.
복수를 위해.

죽여야만 했다.
내가 살기 위해 타인의 목숨을.

그렇게……
나는 짐승이 되었다.

Book Publishing CHUNGEORAM